故事创意指南

写作兵器库

陈盈｜张锐 —— 著

U0781619

台海出版社

图书在版编目（CIP）数据

写作兵器库：故事创意指南 / 陈盈, 张锐著. --
北京：台海出版社, 2022.4
　　ISBN 978-7-5168-3227-1

　　Ⅰ.①写… Ⅱ.①陈… ②张… Ⅲ.①故事－文学创
作方法－指南 Ⅳ.①I054-62

中国版本图书馆CIP数据核字(2022)第026794号

写作兵器库：故事创意指南

著　　者：陈盈　张锐	
出 版 人：蔡旭	装帧设计：ABOOK STUDIO
责任编辑：徐玥	策划编辑：村上　苟敏

出版发行：台海出版社
地　　址：北京市东城区景山东街20号　　邮政编码：100009
电　　话：010-64041652（发行，邮购）
传　　真：010-84045799（总编室）
网　　址：www.taimeng.org.cn/thcbs/default.htm
E－m a i l：thcbs@126.com

经　　销：全国各地新华书店
印　　刷：唐山市铭诚印刷有限公司
本书如有破损、缺页、装订错误，请与本社联系调换

开　　本：880mm × 1230mm	1/32
字　　数：200千字	印　　张：8.5
版　　次：2022年4月第1版	印　　次：2022年4月第1次印刷
书　　号：ISBN 978-7-5168-3227-1	

定　　价：42.00元

谨以此书，献给我们的父辈

第一章

准备出发

在你的面前，放着一张白纸。

你盯着它，幻想着故事可能会变成什么样子，甚至还会想到更远的事——你功成名就、日进斗金的样子。

不过现在，坐在桌子前的你，抓耳挠腮，心中有万千想法却迟迟无法下笔。你等待着那个石破天惊的灵感，可它就是不来。

于是，你一次又一次地翻阅写作教程，学到了一堆戏剧张力、人物弧光（也称人物弧线）之类的术语。你试图找到通往故事的答案，可是更加困惑了。

幸运的是，当灵感降临，你急忙将它写下来，然后心满意足地结束这一天。可当第二天醒来后，噩梦却降临了，你感觉自己写的东西糟透了，自己昨天竟然将这个当作救命稻草。

于是，那个熟悉的问题再次浮现："我真的适合写故事吗？"

别担心，如果你在寻找"如何写一个好故事"的答案，那你可以翻阅本书。

发掘创作灵感

▶▶故事的灵感从何而来

它可以来自任何地方，你见过的人，从新闻中看到的事情，旅途中偶然产生的幻想，对生活的思考，一个有趣的问题……

绝大多数创作者的问题并不在于找不到灵感，而是难以将创作灵感转化为故事。因此，如果你对故事创作还没有那么熟悉，可以选择一些更容易转化为故事的灵感，比如以下几个方面。

- 最能给你带来情感触动的体验。
- 最深刻的记忆。
- 自己熟悉的工作领域。

总之，灵感应该来源于你喜欢、熟悉，同时又感觉自己能将其转化为故事的事物。

比如，有一个你自己非常熟悉的人，你见到这个人身上多年来的变化，明白这个人的优点、缺点、弱点、阴暗面所在，你仿佛能够看到这个人未来的命运。

总而言之，找到那个你觉得"这一定可以成为不错的故事"的灵感，并从这里出发吧。

你可能怀疑，就这么简单？

没错，找到一个灵感并不难，难的是如何把一个灵感转化成故事。

明确创作目标

也许你会忽视创作目标，或者说，你有太多创作目标。你希望通过故事探索内心世界；也希望以此挣钱；你被一种强烈的创作冲动所驱使，决心要把心中的故事写出来；你想成为一个伟大的作家；你希望探讨一个宏大的主题；你想创作一部成功的商业作品；你希望很多人喜欢你的作品；你不在乎别人是否会看，你只想突破文学艺术的边界……

对于任何事情，目标都会决定行动策略。

写故事也不例外。

从一开始就明确创作目标，将会帮助你明确故事类型、节奏、冲突类型、情节、质感、氛围。总而言之，创作目标本身就会决定你的故事。

如果从一开始就怀着矛盾的目标进行创作的话，本就需要做出许多选择的写作过程，将会面临呈指数增长的选择。而最终结果是，你的故事陷入混乱，要么变成废纸堆中不堪的回忆，要么变成被观者痛骂的作品。

请在开始写作之前，认认真真地问自己。

- 我究竟为了什么而写这个故事？
- 我希望写怎样的一个故事？

接下来，把问题的答案贴在墙上，或是创作文件夹的封面上。当你在故事前期阶段陷入困惑的时候，先问问自己是否背离了创作目标。

忠于你的创作目标，并选择合适的创作策略。

心理准备

你心里有一团创作的火光，你需要学着靠近、猜测、理解它，就像了解一个人那样。

▶▶倾听直觉的声音

许多作品失败的源头不在于技术，而在于创作者不够相信自己的直觉。

倾听直觉的声音并不等于顺着思绪乱写一通。直觉更像是位于创作之路远方的一座灯塔。它知道你的目标是什么，也知道你会面对什么诱惑。但因为它存在于故事的远方，那个你尚未企及的地方，所以它不会直接告诉你应该怎么做，而是发出微光告诉你前路的方向。

一开始，你并不能明确分辨直觉的信号，因为你还没有对好故事的诞生机制有充分的了解。多看、多分析你觉得优秀的故事，并试着想想如果是你会怎么写，其他的创作者又为什么做出了跟你不一样的选择，这个选择好在哪里，是否更适合故事。这将会磨炼你的直觉。

你也可以从糟糕的故事中学习，它们跟好故事一样是优秀的老师。这些烂故事替你走过了无数条错误的道路，如果你能搞懂这些故事为什么糟糕，又能想办法改进它们，就说明你对好故事的诞生机制有了一定的了解。

在故事创作的过程中，你会突然停下来，感觉写不下去了。

别害怕，这是直觉正拉住你。为了防止你继续写下去，滑入后悔和绝望的深渊，它大声告诉你："快停下来，看看哪里不对劲。"

当然，你其实知道哪里不对，只是还没准备好面对这个问题，因为这往往意味着你之前花了大把时间写下来的东西有问题。

面对问题吧，你失去的只是之前耗费的时间，否则你将失去更多的时间。当然，你必须删掉的、用不上的东西也并非垃圾，花在故事上的每分每秒都会培养你的创作直觉，为你带来进步。

▶▶ 避免"想当然"

盲人摸象故事中的盲人摸了大象的不同部位，并把它当作大象的全部。

经验不足的创作者同样会犯这样的错误，往往"想当然"地认为自己对于故事的部分了解了就会带来一个好故事。

• 只要把自己非常在乎的事写出来，观者自然会产生共鸣。（**现实是**——你可能会被困在自我感动中。除非你能够找到故事中存在的某种普遍情感，并用人物将它表现出来。）

• 只要是曲折的故事，观者一定会被深深吸引。（**现实是**——故事容易缺乏逻辑，强行反转的痕迹很严重，人物也十分僵化。）

• 只要有一个"杀手级"的好概念，就会有个完美的故事。（**现实是**——你好不容易找到了一个好概念，在创作的时候却发现这个概念难以支撑整个故事。）

• 只要等到一个优秀的灵感，就一定能写出好故事。（**现实是**——那个优秀的灵感永远不会降临；或者它偶尔降临，也让你只能偶尔写出自我感觉良好的故事。）

"只要……就能保证故事……"的想法只会带来问题。因为它暗示某种孤立的故事元素可以保证一个好故事的诞生。但好故事是协调了多种故事元素，并利用多种叙事手段一步步发展而来的。

这个世界上并不存在保证你写出好故事的"一招制敌"之术。当你执着于寻找"一招制敌"之术的时候，不妨后退一步，看看故事全局，再看看多元素之间的协调性，以后再一点点修改出好故事吧。

创作开始

▶▶概念工作板

来吧，开始创作！

你可能想说：等等，我还没准备好，我还没做过调查，我还没调整好心情和生活状态，我还没收拾好房间，我还没……

别再拖延了。让我们先利用"概念工作板"来记录下你对故事的初始想法。

找出一张空白的A4纸，折叠为三部分，再将最左边的那部分折叠，然后写下日期和需要填写的项目（如表1）。

表1

日期	人物特点	人物行动与情节
创意与想法	起点	
氛围、质感、类型	终点	

在"创意与想法"那栏，写下你所有的创意和想法。

在"氛围、质感、类型"那栏，用关键字概括故事特点，捕捉你对故事的大概想象以及感受。比如：爱情，温暖，夏日阳光、汽水、自行车；或是犯罪，无奈，冰冷，痛苦。

在"人物特点"那栏写下你对人物性格特点的粗略概括，如果能包含人物一直以来的期待、对问题的解决方式、缺点则更好。比如：张丹，今年25岁，决心通过自媒体挖掘事实，擅长利用亲和力高的优势获取情报，冷静、果断、有勇气，但有时候过于执着导致自己陷入危险。而后，写下人物在故事的起点过着怎样的生活，有什么目标；在终点有什么结局。

在"人物行动与情节"那栏，写下根据左边两栏的内容所设想的大概情节。你可以写上5～12个心里想到的主要情节。不需要花费太多时间苦思冥想，只要努力想想根据人物特点，人物如何从自己的起点到达终点就够了。

你可能会有疑问。

问：我对故事可是有很多想法的，"创意与想法"那一栏只有那么点位置，根本就不够我写的！而且我对人物也有很多想法。我恨不得要好几张纸才能写下来。

答：许多创作者的问题在于，在创作初期花了太多时间考虑"创意"或者是"概念"，而没能抓住对故事最有激情的窗口去思考故事，最终导致故事流产。

你的创意可能十分抽象，并让你觉得你的故事会深刻而有趣。比如：在童年时期，她不得不面对成年人的利益，但她总能想到不一样的解决方案；面对潮流和时代，一个人应该做出怎样的选择？她应该接受命运还是不服从于命运呢？但你必须一开始就要试着寻找能展现抽象概念的故事，不然你可能会一直卡在"抽象概念"的构思阶段，直到激情耗尽。

你的创意也有可能十分具有商业价值，并让你觉得故事会大获成功。比如：这是一个激动人心的冒险故事；情节跌宕起伏；人物关系非常复杂……打住，这样的概括过于笼统，你需要将它们转化成故事。

想要创作一个故事，要从一开始就把创意和构思转化为故事，哪怕你一开始想出的故事情节与最终写出来的完全不同，哪怕你觉得自己写出的东西不成熟，都没有关系。因为只有试着发展故事，故事才会发展。

▶▶ 一句话卖点、钩子和高概念

作为好莱坞的电影营销术语，一句话卖点、钩子和高概念在创作领域的重要性被过分高估了。

一句话卖点（也被称作logline）通常指用一句话概括故事人物和情节，并在其中呈现故事的卖点。

比如电影《我不是药神》的一句话卖点为——一个失败的离异中年男子从为了挣钱走私仿制特效药，到为了白血病患者而赔本并面临牢狱之灾卖药的有笑有泪的故事。

钩子通常指一个吸引观者的故事设想，通常以"如果……会怎么样"的形式出现。斯皮尔伯格导演的电影《大白鲨》的钩子——如果依赖夏季海滩旅游挣钱的小镇居民，在旅游旺季即将到来前发现海里出现食人大白鲨怎么办？

高概念与钩子时常被混用。有时候"高概念"一词特指科幻故事中的钩子。

比如，电影《盗梦空间》的钩子（也是高概念）——如果人可以进入别人的梦境，并能够在梦境中扭曲别人的念头会怎么样？或者你可以把它变成叙述的形式，并结合一句话卖点——一个盗梦团队进入他人梦境改变想法，在这个过程中惊险重重、团队成员各显神通，还会探索人类心里最隐秘的角落。

问：我见过很多人强调必须花上一两个月的时间来为故事

找到一个合适的卖点、钩子或高概念，为什么你说它被过度强调了？

答：第一，并不是所有的故事类型都适合用"一句话卖点"来概括，也不是所有故事都拥有一个高概念。而这其中不乏非常打动人心又成功的作品。如果你的作品并没有那么强的商业性，而是通过情感、人物之间的关系来打动观者，那么想方设法思考一个钩子或者高概念效果并不会太好。相信你有过这样的经历：你早就听说过一个故事，在网上搜过故事的简介，但直到多年后你才因为偶然的机会看了这部作品，你发现简介根本不能展现出故事的任何魅力！而更简略的钩子、卖点或是高概念又怎么能传递这种故事的魅力呢？

第二，我们的观者在生活中已经听过过多夸张的"钩子"了，软广、硬广等种种宣传，也被钩子骗过无数次，所以你的钩子不一定能钩住观者的内心。你甚至也抓不住身经百战的制作公司人员的内心，因为这些人已经见过无数次有绝妙创意却最终难以实现的例子了（不过这些人中的一部分仍然会为一个听起来好的高概念买单并付出代价）。

那么，当我们在谈论一句话卖点、钩子和高概念的时候，我们到底在谈论什么？

我们谈论的是故事的潜力。

▶▶故事的潜力

故事的潜力指的是：这个故事有没有吸引人的潜力。

想理解这个词没有任何难度，问题在于，我们如何做到从一开始就确定我们的故事能够吸引人。或者说，我们究竟应该怎样让故事吸引人？

当你的故事能满足特定观者群体的期待的时候，自然就会吸引人。如果你的故事在一开始能够展露出特定观者群体期待的元素，自然就有吸引人的潜力。

接下来，我们要以产品经理和创作者的身份来回答两个问题。

产品经理：特定的观者群体期待什么样的故事元素？

创作者：我们应该怎样在故事中运用这些故事元素来满足观者的期待。

观者期待的元素包含许多类别，它们代表了观者对故事不同方面的期待。

类型元素：爱情、推理、悬疑、家庭、历史、恐怖、传记……

概念性元素：穿越、灾难、时空、人工智能、未来社会、奇妙的冒险世界……

情感元素：感动、紧张、刺激、恐惧、激励人心……

话题元素：幸福生活、爱情相关、亲情相关、职场、公平、正义、善良……

风格元素： 喋喋不休的、静静流淌的、快节奏的、潜台词丰富的、容易理解的、需要一定欣赏水平才能理解的……

想要了解不同观者群体对不同类型的期待，你并不需要出门进行调研。只需要找到不同类型中最受欢迎、最有口碑的那些作品，观看它们，并进行比较、分析、总结。你可以利用下面的表格（如表2）。

表2

作品名称： 类型：□爱情 □悬疑 □家庭 □科幻 □艺术 □_____ （其他）		
观看前：期待看到的元素	**观看后：被实现的期待看到的元素**	**观看后：超出期待的元素**
观看前：期待看到的故事 （你可以根据他人评论、预告片、简介等来对故事的发展做出自己的推测。这个练习将帮助你磨炼将元素展现在具体故事中的能力）	**观看后：故事通过什么情节实现了期待的元素**	**观看后：故事通过什么情节实现了超出期待的元素**

当你在观看这部作品时，还应该留意哪些故事片段给你留下了深刻印象。它可以是任何方面的印象，机智的对话、惊人的反转、复杂的潜台词交锋、人物互动。起码留意三个这样的片段。

如果是图书，你可以复印下来；如果是电影、电视剧，则可以录屏，最好是将视频中的内容还原为剧本形式。把这些资料整理后放在文件夹里，当你在写作中一筹莫展的时候，可以试着翻阅这些资料，看看其他的创作者如何满足观者的期待。

问：我一看别人的作品，就忍不住想要复制、借鉴怎么办？

答：如果你的本意只是学习，却忍不住复制别人的作品，通常只有两个原因。第一，你还没有深入了解你的故事。在下一章我们将了解如何快速建立起故事的框架。第二，你只能看到他人作品中的内容，却看不到这些内容达到好的效果的机制。比如，你可能会觉得《盗梦空间》中盗梦规则十分有创意——建造梦境、多重梦境、如何退出梦境、梦与现实的指示标等，但你可能没有意识到这些概念之所以听起来很厉害，是因为影片中那些能为常人所不能为的专业人士们都说这些事情很难。不过仔细想想，我们在现实生活中会做神奇的梦，也有多重梦境，从噩梦醒来时我们会咬自己的舌头确定自己不在梦里。所以，电影中的人所做的事也没那么稀奇。但克里斯托弗·诺兰却可以用技巧塑造一群看起来很厉害的专业人士，然后借这群权威人士之口将原本不那么稀奇的事变得稀奇起来。

试着找到优秀情节背后的运行机制，通过调整自己的情节来满足观者的期待，而不是通过借鉴别人的故事来达到这个目标。

▶▶修改概念工作板

让我们再次回到之前的概念工作板，但这次我们将对之前的概念工作板稍作修改（如表3）。

表3

日期	人物特点	人物行动与情节	世界设定
从你的故事中能挖掘出哪些观者期待的元素 有哪些观者期待但故事里没有的元素可以被添加在故事里 有哪些超出观者期待的元素可以添加进你的故事里	起点 终点 根据左边所填写的故事元素来修改人物特点、起点和终点	根据故事元素来修改人物都干了什么并造成了怎样的情节发展	
主题：通过故事你想传递的信息			

现在你还可以试着从原先的创意和修改后的情节中，试着找到故事的主题。不过你暂时还不需要考虑主题是什么，只需要写上通过故事你想传递怎样的信息就好。

此外，那些新增的故事元素、修改过的人物和情节，应该可以激发你对故事世界的灵感。花上十分钟左右的时间（别太多）进行头脑风暴，简洁地写下你的想法，并试着让故事世界呼应故事元素、人物和情节。

激发更多灵感

灵感之泵没有源源不断地为你产生灵感怎么办？试试下面的方法。

▶▶ 6W 元素的碰撞

6W元素，包括以下几个方面的内容。

- Who：主人公和对立人物。
- What：发生了什么，主人公的目标和实现目标过程中的阻碍。
- When：故事发生的时间、时间背景。
- Where：故事发生的地点、世界背景。
- Why：人物行动的动机。
- How：实现目标的方法。

当你将6W元素运用于具体的故事写作时，你需要交代清楚时间、地点、人物等基本信息，这样能使你的故事明确、好理解、有逻辑。

而当你将6W元素用于故事构思时，则应该让6W元素相互碰撞，达到1+1>2的戏剧性效果。

看看下面的例子。

场所中的异类："叛逆的孩子（Who）生活在一个全是优等生、纪律森严的学校中（Where）"的戏剧性远远高于"一个优等生生活在一个全是优等生的学校"，想想电影《死亡诗社》中那群追随基汀老师的"叛逆"写实少年们吧！

不合适的"旅伴"：冷酷寡言的杀手（Who）不得不带上一个话痨且行事不可预测的、弱智一样的男人铁蛋（Who）来逃脱黑帮和警察的追捕（What），他们的逃脱之旅因为铁蛋变得令人啼笑皆非（How）。（《请你闭嘴！》[①]）

为工作加点新鲜色彩："一群技艺高超的盗梦者（Who）进入他人的梦境（Where）进行盗梦（What），改变这个人的想法并影响他现实中的决定（Why）"（《盗梦空间》）的戏剧效果就高于"一群技艺高超的小偷（Who）去一个守卫森严的金库（Where）准备盗取大量现金（What）"，不过，电影《惊天魔盗团》为后者添加了"通过魔术的技巧（How）"而使故事增加了新鲜感和戏剧性。

---

① 《请你闭嘴！》（*Tais Toi*）是于 2003 年上映的法国喜剧电影，由弗朗西斯·维贝导演，弗朗西斯·维贝和塞尔日·弗里德曼编剧，杰拉尔·德帕迪约和让·雷诺主演。

让你的6W元素碰撞起来吧！在平静的水中（Where）放入一条鲨鱼（Who）；让一只狐狸和兔子（Who）组队完成任务；为寻常的"工作"（What）加入不一样的完成方式（How）……

碰撞、添加、转换，让我们的主人公在故事世界中掀起波澜，波澜又总会卷到主人公，这就带来了故事的潜力。

▶▶故事创意板与创意速写

音乐、影像、图片、诗、生活中的细节、在大街上偶然看到的片段……用你的直觉去捕捉那些你觉得"适合这个故事"的内容吧，你可以用文字来记录，也可以用数码产品将这些资料整合到一个文件夹中。

而后，再回到概念工作板中，进行修改。

你也可以试着用二十分钟左右的时间进行创意速写，从故事创意板和概念工作板中发散，试着写几个故事的片段。不需要思考太多，努力去感受故事，让思绪在笔下流淌。

▶▶适当休息

当你感觉疲惫的时候，也可以稍作休息。

看看别的故事，翻翻自己的概念工作板、故事创意板和创意速写。

也可以什么都不想，去外面走动一番，你不需要刻意寻找任何冲突或是奇怪的事，只需要感受人的气息，观察人的细微神情和动作。

睡个好觉。

接下来你将进入正式的故事架构阶段。

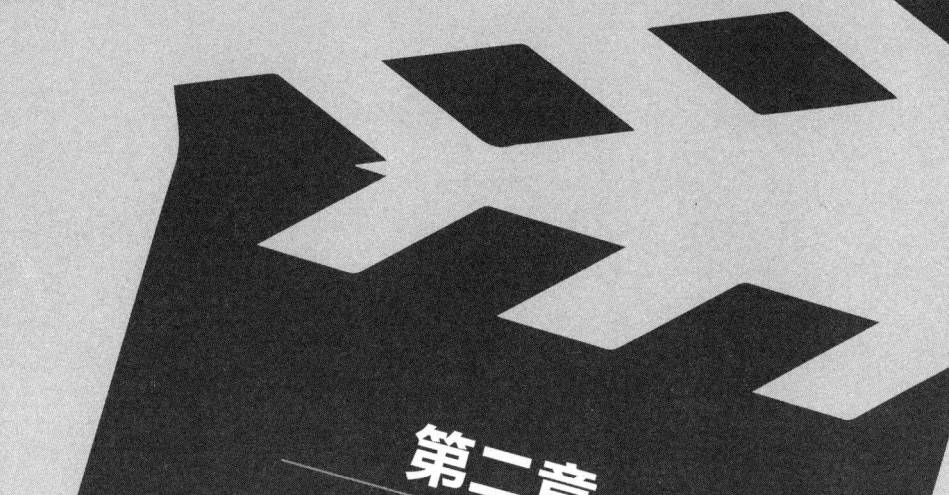

第二章

故事的基本框架

对结构的误会

你已经有了粗略的人物、世界设定和主题。现在你摩拳擦掌，准备开始写你的故事。但你迟疑了："应该选择怎样一个结构来承载我的故事呢？如果我没能提前选好结构，我现在写什么是不是都没用？"

如果你在创作故事时总被结构拦住脚步，说明你对结构存在误会。下面是对结构的一些常见误会。

▶▶ 结构是什么？

• 我需要遵从"英雄之旅"的规则。我的人物必须经历平静世界、冒险召唤、支援、初期冒险启程、面对考验、接受任务、遭遇危机、获得宝物、结果、回归旧世界、开启新人生、最高问题得到解答。

• 我需要按照故事节拍表 [1] 来构思故事：开场画面、主题呈现、铺垫、推动、争论、第二幕衔接点、B故事、游戏、中点、坏蛋逼近、一无所有、灵魂黑夜、第三幕衔接点、终场

---

[1] "故事节拍表"也被称作"斯奈德节拍表"，出自《救猫咪》，作者为布莱克·斯奈德。

画面。

- 我的故事必须是三幕式的，包括正题、反题、合题，或是A故事和B故事。
- 结构是起承转合。

▶▶结构的承诺，或是谎言？

- 充满悬念的故事的源头是一个好结构。
- 结构是故事的骨架，必须在构思好情节之前就把结构想好。
- 只要有了好结构，人物自然而然就会浮现。
- 只要遵循上面的某种"结构"（英雄之旅、故事节拍表等），就一定能够写好故事。

为什么这些"金科玉律"只是一场误会？

假设你要为自己的一生拍摄一部两小时的电影，你一定会选择那些感动过你的、给你带来重大意义的人生片段。你想让你的人生电影看起来更像部电影而不是纪录片，里面有悬念、有高潮、有低谷，因此你会对它们进行一番排列组合、艺术加工。你可能已经发现，在整个过程中，你并没有考虑太多结构，而是先找到你感兴趣的真实事件，又根据你的创作目的进行排列组合——因为结构本身就是故事情节和元素排列组合的方式之一，但用的人多了就让它看起来成为必须遵守的规则。

问：可是问题在于，当我创作一部关于我自己的电影的时候，我知道过去发生了什么，所以我才能一开始不考虑结构，但是当我为虚构的人物创作故事的时候，我必须从零开始呀。

答：你想为虚构的人物创作故事，那就从零开始了解人物，道理是一样的，而不是去找结构。你从出生到长大，经历过许多事情，有过各种各样的感受，有过迟疑、徘徊，也有过勇敢、鲁莽、后悔。你的人物同样会经历这些，甚至比你的经历还要丰富。如果在了解人物的人生之前就匆忙把人物塞进某个结构，人物就会被结构所限制。

但是，任何故事都会以某种形式被组织起来。通过这种组织方式，创作者使故事能被观者理解、感知、体验到，为观者带来丰富的情感体验，并揭示人的复杂之处、诠释主题。我们印象中的结构往往只是故事情节的排列方式和人物的人生旅途的概括，而我们接下来谈到的组织故事的方法将帮助我们将多种故事元素组合到一起，并实现我们所有的创作目标。

我们把这种组织故事的方法称作故事框架。

故事框架将从全局的视角看待故事，而不是将人物、结构、情节等看作孤立的元素。我们将着眼于各个故事元素之间的相互关系，以及如何从一个故事元素推演出另一个故事元素。比如，如何从主题中找到人物，又如何从人物发散出故事情节。故事框架的思维强调故事元素之间的协调性和逻辑关系，因此将会帮助你更有效率地创作故事，少走弯路。

将故事元素组织到一起

▶▶协调

从观者和创作者两个角度去看故事，所需要的和看到的内容并不完全相同。

观者在看一个故事时更倾向于获得信息和情感体验——发生了什么？人物做了什么？能从人物身上学到什么？故事会给自己带来怎样的情感体验？是否能够触动自己的心灵？故事是否跌宕起伏、反转连连？

创作者在看一个故事的时候，则更在意构建故事和表达——故事阐述了怎样的主题？人物有着怎样的成长线？故事用了哪种精妙的叙事结构？故事如何埋藏潜台词？用了什么意象？故事如何对世界和人性进行深刻探索？

为了实现观者和创作者的种种需求，创作者要考虑的也更多（如表4）。

表4

故事元素 （创作者要考虑的）	承载两边 需求的载体	观众需求 （观众期待看到的）
人物：人物弧线、性格特点、命运、弱点、阴暗面、潜台词	人物行动	情节
主题：意义、象征	人物对话	情感
虚构世界：规则、故事类型、空间	描写	启发
冲突：戏剧情境、戏剧冲突、目标、阻碍、风险、对抗、结果		
结构：故事结构、节拍、场景、序列		
技术：铺垫、悬念、转折、逻辑、节奏		

　　如果你能够使用人物行动、对话和描写，使观者和创作者两边的需求和目标同时得到满足，那么你往往离创作一个好故事不远了。

　　因为同时满足两者的需求意味着故事有逻辑、跌宕起伏、充满戏剧冲突、情感充沛、人物有深度……当所有的元素都协调在一起，观者自然能进入这个故事世界。反之则意味着故事混乱、不易理解、僵化、无趣。

　　将故事的所有元素组合到一起，使故事呈现协调的状态，这并非理想化的目标而是合格线。只不过太多创作者受困于无法将诸多想法和故事元素组织到协调的状态，让协调成为一件很难的事。

可是，要组织这么多元素，看起来就让人觉得头晕，我们应该怎么做？

你只需要记住一点：故事的所有元素都紧密协调在一起，而决定性元素将决定其他故事元素，决定性元素之间也会相互影响；这意味着如果你已知某个决定性元素，就可以推导出其他故事元素。

决定性元素分别是——主题、人物、虚构世界，还有半个是创作者的表达需求。为了便于区分，我们将冲突、结构和其他技术手段称为技术性元素。

▶▶决定性元素：主题、人物、虚构世界

主题、人物和虚构世界之所以能够相互影响并相互决定，是因为：

- 主题会决定人物命运和虚构世界的规则。
- 你又可以从人物命运中提炼出主题。
- 人物是其所处世界的产物。
- 特定的虚构的世界往往会孕育出某些特定的主题。

你很难想象《水浒传》的世界里出现"善良终将战胜邪恶"的主题，以及总是轻信别人、掏心掏肺对别人好的人在最后打败了一百单八将并改变了社会。

或者在迪士尼的动画电影中看到"偏执导致自我毁灭"的

主题，并看到这样的人物。

又或者在讲述现实婚姻的故事中看到"不顾一切的爱情可以战胜所有困难"的主题，以及为了爱情而疯狂的一对父母。

换句话说，主题、人物和虚构世界本就是故事的一体三面，是故事的内核，其他的技术性元素则是为了帮助你呈现故事的内核而存在。

问：为什么你说作者的表达需求只相当于半个决定性元素？

答：第一，作者的表达需求由主题、人物、虚构世界以及整个故事呈现。所以故事本身就是作者表达需求的体现。第二，作者的表达需求往往只在构思前期有用。你想让故事有什么氛围、色彩，故事是什么类型，想要探讨什么话题，等等。一旦根据这些表达需求确立了主题、人物和虚构世界，故事就会逐渐有自己的运转逻辑，你再想让故事满足额外的表达需求，往往会让故事变得混乱。当然，在理想情况下，你的故事能够完美满足你的表达需求，同时能够让观者享受故事。

从这里开始，为了创作一个将所有元素协调在一起的好故事，我们将重新审视故事的种种元素。首先，试着填写下面的表格（如表5）。

表5

主题	人物	虚构世界的特点和规则
_____带来/导致_____。 比如：贪婪导致失去一切；善良带来幸福。（我们将在《主题》一章了解更多关于主题的内容）		
故事的大概情节（根据主人公特点和主题中所规定的命运） _____（具有……特点）的主人公做了_____，导致了 _____（后果或自身命运的改变）		

你现在只需要填写你所知的一切，可以适当发散，但不需要想太多。最重要的是你必须检查主题、人物和虚构世界之间是否相互决定、相互影响，展现出"这个主题一定要发生在这个世界里，由这个人物贯穿才能实现"的必然联系。

看看下面这些故事如何做到决定性三元素之间的协调。

电影《肖申克的救赎》中的安迪蒙冤入狱，他利用自己的金融知识在监狱中如鱼得水，私底下为自己的自由和清白谋划多年。安迪隐忍、高智商、有恒心，并且努力获得狱友的尊重，却因为典狱长发现他身上的利用价值而销毁他脱罪的证据，最终只能越狱。

东野圭吾的小说《恶意》中的野野口修，他杀死自己的作家好友并摧毁了对方的名誉，而这一切都因为那没来由的恶意。

克林特·伊斯特伍德导演的电影《百万美元宝贝》中的麦琪，她已经过了最佳训练年龄，但仍坚持训练，并打动了曾经战绩辉煌的教练弗兰基。在教练的帮助下，麦琪获得了自己想要的成就。但现实世界对她仍然不公平，她在一次比赛中受伤瘫痪，她希望有尊严地活着，最终恳求教练弗兰基拔掉呼吸管让她有尊严地死去。

如果你所填写的内容不能体现出三者之间的必然性，试着重新构思。从主题、人物或虚构世界出发都可以。但如果不能在这一步做到三者之间的协调状态，故事的地基就不够坚固，故事终将轰然倒塌。

▶▶出发点：必经之路和最初的戏剧情境

该让人物行动起来了。

也许你想问，等等，我还没构思好呢，怎么写？

回想你曾经的创作经验，有多少次花了许多时间进行构思但最后故事并没有完成？又有多少次完成了故事却发现故事出了大问题？甚至有可能花了几个月的时间构思，却没有动笔。如果构思无法转化为故事，那么构思得再多都是白费功夫。

现在，让我们朝着故事迈一大步——让主人公动起来，与虚构的世界发生碰撞，最终走向主题所决定的命运。

但只有故事元素的话，人物没法行动起来。我们需要从主题、人物、虚构世界三元素过渡到人物的必经之路，并从中孵化最初的戏剧情境，以此迫使主人公不得不行动起来。

必经之路是指**想要让主人公通往主题所规定的结果而必须**

经历的一系列过程。

戏剧情境是指**迫使人物不得不做出反应的状况**。

而最初的戏剧情境也被称为"催化剂"，它开启了必经之路，颠覆主人公的原有计划和生活，而主人公为了重新回到正轨或迎接新的人生，不得不做出反应。

让我们通过例子看看如何从决定性故事元素过渡到必经之路和最初的戏剧情境。

《狙击电话亭》①：世界背景与我们的现实生活接近，主题是欺骗会招来灾难性的麻烦，诚实才能解决麻烦。而主人公一直瞒着妻子通过公共电话与情人联系（符合欺骗主题）。主人公一定会遭遇灾难性的麻烦（必经之路），因此编剧设置了一个看不惯主人公欺骗妻子的神秘狙击手，他威胁主人公如果不坦白自己的秘密，就会随机杀死路人。而狙击手打来电话的那一刻，就是最初的戏剧情境。

《大白鲨》：故事发生在一个滨海旅游小镇中。主题为忽视问题只会让问题越来越糟，只有直面问题才能解决问题。主要人物则是支持出海解决大白鲨问题的警长等人，以及不支持出海捕杀大白鲨的镇长和小镇居民。必经之路很简单，那就是解决镇上反对者的阻碍去猎杀大白鲨，并成功解决大白鲨的问题。在大白鲨出现在小镇附近的大海里的那一刻，主人公就不

---

① 《狙击电话亭》(*Phone Booth*) 于 2003 年上映，是由乔·舒马赫导演，拉里·科恩参与编剧，科林·法瑞尔主演的悬疑电影。

得不做出反应了。

一旦你找到了必经之路和最初的戏剧情境，主人公就会不由自主地行动起来，而接下来你只需要根据决定性故事元素继续推演，故事情节就会逐渐成形。

▶▶故事推演案例

让我们在下面的例子中，看看从创作者的一个灵感中，如何将表达需求转化为故事的主题、人物和虚构世界设定，又从中孵化出必经之路和最初的戏剧情境。注意看主题、人物和虚构世界设定如何相互影响，相互转化，以及故事如何从必经之路和最初的戏剧情境演化到符合主题的结局。

这个故事的灵感来自你的某个人生体会。二十出头的时候，你感觉这个世界充满了机会，自己的人生有着无限可能。但随着年龄的增长，或是观察身边的人，你发现绝大多数人的人生道路越走越窄，选择越来越少。你感到奇怪，随着经历和阅历的增加，选择应该越来越多才对。于是你决定写一个关于"人生道路越走越窄"的故事。你希望这个故事会让观者有共鸣，并且受到启发。

接下来我们希望确定这个想法足够支撑起一个故事。那么，对主人公而言，人生道路越走越窄是个问题吗？也许主人公就希望平静地生活一辈子呢？如果是这样，就没有故事可言了。

想要撑起一个故事，主人公"越走越窄的人生"就必须对别人的生活造成影响，自己也因此受苦，由此才能引发冲突和情感的波动。不过，直觉告诉你，"人生道路越走越窄"过于宽泛抽象。

让我们把宽泛抽象的灵感具体化。人生道路越走越窄意味着什么？意味着选择变少了。主人公的生活因此受到了怎样的影响？曾经的梦想去哪儿了？家人过着怎样的生活？家庭生活幸福快乐吗？这条路似乎没法刺激我们的灵感，让我们试试别的路。

问问自己的表达需求，你希望故事是什么类型，拥有怎样的色彩？让我们假定这是一个犯罪故事。但这个犯罪故事没有令人血脉偾张的暴力，只有冰冷和无奈。在这个独特的世界中，"人生道路越走越窄"的尽头就是犯罪，甚至是因为某个犯罪事件而死亡。不过，在一个冰冷而无奈的犯罪故事里，主人公即使犯罪也是被逼无奈，所以他并不是一个坏人。

问题是，人们为什么不去帮助这个好人，为什么这个好人最后要犯罪呢？

调动你的常识和经验，来解决故事的逻辑问题。我们愿意帮助那些遭遇困难的好人。而且，因为我们生活在一个家庭关系十分紧密的国家，所以一个好人大概率会受到家人的帮助。那么，到底是什么原因导致周围的人都帮不了主人公，主人公必须进入这个冰冷无奈的犯罪世界呢？如果主人公从来不对周围的人袒露自己的痛苦，自然没人知道了。

我们逐渐接近人物，对人物的内心世界产生疑问。那么，是什么让主人公不愿意袒露任何心事、自我封闭呢？一定是在主人公小时候发生了非常糟糕的事情。让我们假设,主人公在童年曾经遭受过绑架,因此留下严重的心理创伤。主人公的内心自动开启防御机制:封闭自己的感情,因此不会再被痛苦所侵扰。但封闭感情是把双刃剑,主人公也不会再感知美好,不会再表达自己的情感。但主人公仍然是个好人,也知道怎样在这个社会上平稳地生活——依靠基本的良知和礼貌。现在,你已经初步明确了决定主人公命运的核心问题。

你已经知道主人公的命运终将驶向何方。尽管你还不知道主人公是如何走向这一步,但你知道主人公会卷入一场犯罪,而这场犯罪会毁灭主人公的人生。有了主人公的命运核心和结局就意味着你有了初步的主题:不表达情感会导致人生的毁灭。

接下来,让我们看看主题和人物如何影响主人公所生活的世界。让我们暂且用最常见的设定吧(常见意味着它代表了世界上相当一部分人的状况)。我们的主人公是个中年男人,他结了婚,做着一份普通的工作。但他的创伤让他只有家庭,没有多少朋友和社交生活。因为他很少表达自己的情感,所以跟老婆的关系并不亲密。在那场绑架之前,他曾经有过朋友,但这么多年来他自我封闭,因此朋友们虽然同情他曾被绑架,但大家逐渐不再联系,各自的人生也有了不同的轨迹。

从"不表达情感"到"人生毁灭",这个跳跃似乎有点儿大,我们必须找到一条主人公命运发生改变的必经之路。是什么迫使主人公的人生发生改变?要知道,我们的主人公的心结几乎难以解开:他在童年被绑架,从此几十年都封闭自己的情感，也从不表达、不解释，就这样与世界相安无事。因为一个女人的出现而决心找到人生的意义？这不可能，因为主人公封闭情感，并且依靠良知生活。父母去世？主人公不会那么痛苦的，更何况主人公会保持情感封闭几十年，说明他的父母也没有尽自己最大所能温暖他的内心帮助他，自然没有多少情感。

我们需要让最初的戏剧情境足够强大。这个戏剧情境将迫使主人公表达自己的情感，因为如果他不试着表达，他的家庭和人生就全完了。主人公必须要通过表达自己的情感来获取他人信任，为什么？因为主人公被人怀疑了。怎样的怀疑才够强、足以毁灭主人公的人生？主人公被诬陷杀人了！

整个故事还涉及其他什么人？我们试着把戏剧冲突都集中在跟主人公相关的人身上。被害人是主人公当年好朋友的女儿！还能继续加强——当年的好朋友一个跟犯罪分子有牵扯，一个变成了警察！

看起来不错，你决定继续推演这个故事。你能听到结局的那声枪响。某个人的死亡是不可避免的。会是谁？我们进入了故事的对抗环节。主人公拼命解释，但是没人相信他。必须没人相信，因为这样故事才会朝着"毁灭人生"的方向前进。毁灭意味着那个被毁灭的人必须站到所有人的对立面上去。所以，就连男主人公的妻子都不相信他，朋友也不相信他。

"砰——"，枪响了。倒下的是可怜的主人公。

现在，回看我们推演出的人物关系和故事，我们发现原先"不表达情感会导致毁灭"的主题与人物关系和命运并不贴切。

我们根据人物和故事做出细微调整——不信任导致人生毁灭。

如果你也试着用这样的方法，从一个灵感确定主题、人物和世界背景，你会发现到这里为止你只用了不到一个小时的时间就有了故事的初步框架。最重要的是，你的故事框架几乎没有逻辑问题，同时达到了主题、人物和世界背景的协调状态。如果你对故事的哪个部分不满意，只要回到那个点重新推演即可。

对了，上面推演的结果正是电影《神秘河》^①的故事和主题。

虽然小说原作者的灵感不一定来自"人生道路越走越窄"，也应该不是通过这条路径写出这个故事，但你仍然可以试着用这样的方法来分析别人的故事，这将帮你磨砺将灵感转化为故事的能力。

▶▶累进：找到情节关键点

故事的发展是累进的结果。

所谓累进就是因果关系，即发生在前面的事情导致了后面事情的发生。每一个发生在前面的事件和人物行动，都会对与事件相关的人、事、物造成影响，并引发下一次事件。每一次事件和行动的影响不断积累，会推动故事到最终的结果。

在故事推演的过程中，你会自然而然地利用累进来推动故事。

---

① 《神秘河》(Mystic River) 于 2003 年上映，是由克林特·伊斯特伍德导演，布莱恩·海尔格兰德和丹尼斯·勒翰参与编剧，西恩·潘、蒂姆·罗宾斯、凯文·贝肯主演的犯罪悬疑电影。

比如，在上面《神秘河》的推演过程中，因为我们设定故事是冰冷而无奈的，所以比起"主人公为了复仇而犯罪""主人公被逼无奈犯罪"（一开始的假设），"主人公被诬陷犯罪"（推演后的最终选择）更贴合设定。

而后面的所有情节，几乎都是从主人公"不愿意表达情感而使别人误会"的性格特点累进而来。

为了确保故事情节有波折、不平淡，你需要为故事找到几个关键的情节点。

在这些情节点上，主人公的人生将会发生巨大的转变，而在最后的情节点让主人公走向主题所指向的命运终点。

在电影中，通常有七个情节点：日常生活、激励事件（也就是最初的戏剧情境、催化剂）、第一幕终点、中点或转折点、一切危在旦夕、最后的挑战、结局。

当你使用累进的方法推演了故事后，你不需要再苦思冥想，只需要从推演的故事中简单提炼一番，就能找到多个关键点。

比如在我们推演的《神秘河》中，日常生活是主人公不表露情感，勉强维持着一个看起来幸福的家庭。

激励事件是好友的女儿被杀，第一幕终点是主人公的妻子开始怀疑主人公杀人。

转折点则是主人公的妻子告诉那个被杀女孩的父亲，她认为是主人公杀死了女孩。

所有的"证据"似乎都指向主人公有罪，没人相信他，一切危在旦夕（也被称作"最低点"或"灵魂的黑暗时刻"）。

在最后的挑战中，那位被杀女孩的父亲找到主人公，杀死了他。

与累进相反的故事发展方式是——跳跃。

那些致力于创造令人意想不到的、过分新奇的情节的创作者往往会使用跳跃的故事发展方式。

而在创作的过程中，这些"跳跃创作者"则倾向于先想到几个看似风马牛不相及的情节点，或是一些吸引人眼球的猎奇画面，而后试着将它们连到一起。

问：我就想创作出令人意想不到的情节。先想到意想不到的情节，再把它们连成线，这不正能体现我的能力吗？而且想要让情节意想不到，从推演故事这一步就要意想不到才行吧。

答：这两个想法正是阻止"情节型创作者""跳跃创作者"写出既符合逻辑，又给观者带来惊喜的故事的根本原因。

检索你的大脑，找到三个结局最让你意想不到的故事。

比如《记忆碎片》[①]《万能钥匙》[②]《致命ID》[③]。《记忆碎片》中的莱昂纳多在无法形成短期记忆的劣势下，仍然建立起一

---

①《记忆碎片》(Memento) 于 2000 年上映，是由克里斯托弗·诺兰导演，克里斯托弗·诺兰和乔纳森·诺兰参与编剧，盖·皮尔斯主演的犯罪悬疑电影。影片是根据乔纳森·诺兰的短篇小说 Memento Mori 改编而来。

②《万能钥匙》(The Skeleton Key) 于 2005 年上映，是由伊恩·索夫特雷和尼尔·惠特菲尔德导演，伊伦·克鲁格参与编剧，凯特·哈德森主演的惊悚电影。

③《致命ID》(Identity) 于 2003 年上映，是由詹姆斯·曼高德导演，迈克尔·库尼参与编剧的悬疑惊悚电影。

套记忆系统来帮助他找到杀死妻子的凶手，但在一连串的复仇行动后我们得知他自己就是真凶。《万能钥匙》中的卡罗琳试图通过"守护巫术"来解救灵魂被关进老人躯壳的律师，却用了"移魂巫术"把自己的灵魂关入老妇人的躯壳。《致命ID》中几乎所有的邪恶人格都死去了，只留下那个善良的人格（一个女人），然而真正实施一切杀戮的儿童人格没有死去，并杀死了善良的人格。

你可以看到，那些令人津津乐道、再三观看的"烧脑故事"实际上有着完整的、符合逻辑的累进过程，但创作者把累进过程中的几个关键点藏了起来，并误导观者认为故事正朝着另一个方向进行。在故事结尾，创作者并非"跳跃"到了某个令人意想不到的结局，而是将原先隐藏的累进关键点抛出来，这才使得反转得以发生。我们将在《冲突与行动》一章中进一步讨论如何设置悬念和反转。

现在你要做的是，试着从故事推演中找到故事的关键情节点。如果你写的是电影、戏剧或是以改编成电影为目的的小说，你通常需要7～13个关键的情节点，过多的情节点将会稀释其他单个情节点的重要性和冲突。如果你在写电视剧或是超长篇小说，你也可以用电影的标准来换算出情节点数量——故事相当于几个电影的长度？

接下来，写下每一个关键情节点都具体发生了什么，试着写一写人物所经历的心路历程，因为这些事情产生了哪些强烈的情绪。事件从哪里开始，又带来了什么结果？每一个情节点是否都呈现了主题的不同阶段？是否能给主人公和观者带来强烈的情感冲击？扩充你的情节点将会帮助你的故事变得更加具体，也可以填充大的累进阶段中间小的累进环节。

加油，你已经越过了从构思到故事主要情节的难点。

▶▶冲突：故事的发动机

接下来的任务是——让故事逐步成形。

你可能习惯先写一个大纲，也有可能更喜欢在索引卡或思维导图上构思整个故事。无论采用哪种方法，大部分创作者在大纲或索引卡、导图中写下的内容都是故事的情节概括，而不是直接创作初稿。这通常出于两方面的考量。一方面是担心直接创作初稿会发现故事有问题，而耽误太多时间；另一方面则是在商业项目的创作中，由于稿费的分阶段支付，你担心项目后续失败，因此不想在大纲、分集或分场阶段投入太多时间、精力，免得最后竹篮打水一场空。

我们期待从情节概括中看到故事的发展方向，并以此对整个故事有所把握。

先来看看一段情节概括。

为了找到母亲"自杀"的真相，阿雷深入调查头号嫌疑人麦康利。尽管这位理财销售届的天才把一切金钱往来都藏得很好，阿雷还是找到一位活着的受害者——理财销售杨真真。杨真真为了获得麦康利的认可并成为他的女朋友，借了80万元高利贷自卖自买麦康利公司的产品，然而麦康利以违背公司规定为由辞退了她。在几次大闹无果后，背负高额债务的杨真真决定逃到一个没人知道的地方。

你一定在某些故事大纲中见到过类似的情节概括。这段概括看起来的确满足了一些"技术"上的要求：有悬念、有调查，有一个老奸巨猾的坏蛋，一个受害者，受害者的生命受到了威胁……问题是，你能通过这段情节概括立刻写出一段协调主题、人物和世界背景，同时惊喜连连又惊险刺激的故事吗？

你可能想：应该可以吧，这里有很多疑点，还有很多可能发展成故事的内容，比如杨真真为什么会误会麦康利会给她"当女朋友"的机会，又怎么决定借80万元高利贷的。再比如阿雷怎么调查麦康利，可以为他调查的过程增加一些有趣的戏码，比如让阿雷卧底闹出笑话，或者阿雷假装勾引杨真真。我之后会继续构思，从这里面找到故事不难。

但是，这段情节概括能驱动你立刻创作出精彩的故事片段吗？

你心里知道答案——不能。精彩的故事片段还藏在未来，等待着你去慢慢构思、发掘。可是，现在你还看不到它。

如果把创作故事比作进入一家人的房子，了解这家人，把这家人写成故事的过程。构思上面的那种情节概括就像是蒙着眼睛站在房子外面，凭空猜测着这家人可能会有什么样的故事。这种方法被很多人使用，但不代表它是正确且有效的。因为它并不能真的打开那扇门，并诱使这家人跳出日常生活，展现出真实的一面来。

故事创作中的每一步都应该让我们离故事更近，而不是让我们原地打转或是把我们推得更远。

再来看看另外几段情节概括。

戴夫以为萨维奇兄弟找他聊天是想跟他当朋友，所以在这对小混混讲抢劫的故事的时候，他还迎合地笑、喝酒。但他不知道，萨维奇兄弟的老大、自己童年的好友吉米指使他们把戴夫骗到这里待到晚上，是准备在夜深人静的时候处决他。（电影《神秘河》）

林冲原以为要被欺负，却被分配到大军草场当管事。这差事是个肥差，令人捉摸不透坏人背后的真实意图。他从李小二处得知高俅派了陆虞候来，便准备了一把尖刀护身，可一路上到军草场交割都没遇到什么事。但林冲没料到陆虞候准备晚上趁他不备一把火烧了他所住的草厅。（小说《水浒传》）

正月不降雪，嘉靖皇帝认为是天罚。恰逢严党和倒严党在朝堂针对新年预算和往年报销批红一事议事。倒严一派来势汹汹，既抖出严氏父子超支严重、谎报账目、巨额贪污的问题，又指出贪污的结果是民不聊生、抗击倭寇艰难，吃准了嘉靖皇帝对明君这一名声的看重。但严氏父子面对这般攻击，竟然还能化险为夷，最终全身而退。（小说《大明王朝1566》）

你能从这样的情节概括中立刻写出一段故事，因为这些情节概括都提供了冲突的必备要素。

什么是冲突？某种激烈的肢体或情绪碰撞，比如打架和吵架？并非如此。

在故事中，冲突是指人物由于目标不同，为了实现目标而产生的行动相互碰撞的过程。不过，现阶段我们还不需要详细了解冲突如何运行、怎样起作用。

现在，我们需要做到的是，确保每一段情节概括都包含了冲突发展的可能性。

当你在考虑任何一段情节概括的时候，试着检查。

• 主人公的目标和计划是否明确？主人公希望事情如何进行？

• 对立人物准备怎么干扰原计划的实施？

• 你是否准备好了戏剧情境——一个主人公不得不做出反应的状况？

• 对立人物的行动会怎样威胁到主人公的生命、家庭、地位？

• 这个戏剧情境是否让主人公难以应对？（在这里，你并不需要构思太多具体的结果方案和中间过程，但你必须要让这个危机看起来难以应对，主人公必须使出浑身解数才能解决。）

• 是否从故事的决定性三元素——主题、人物、虚构世界设定中衍生而来？

• 人物在每一段的变化是否累进而来，即是否符合逻辑。

总结一下，一个能刺激你立刻创作出故事的概括，必须确保其中存在一个威胁到主人公的、看上去难以应对的戏剧情境。而为了让整个片段说得通，你必须说明主人公和对立人物双方的动机和其中一方的计划，以及前因后果能连接在一起。而另一方在这场冲突中如何解决问题则可以在初稿或故事创作中构思（毕竟，如果连这都写出来了，你就相当于完成故事的初稿了）。

你可以利用这个方法写一份大纲。写给自己也好，写给创作委托方也罢，这份故事梗概都能展示一幅切实可行的前景，它预示了精彩绝对存在（而不是海市蜃楼），却几乎没有把主人公充满智慧和胆识的秘密行动计划透露出去。当然，你可以适当透露一部分，证明你的主人公的确能解决这些"不成功就完蛋"的问题。

除了为自己的故事写大纲，也可以试着根据别人的故事写大纲。注意，确保你的大纲能满足戏剧情境等要求，如果按照旧办法去写一份流水账式的大纲，你永远只会原地踏步。因为你忽视了成功故事中的戏剧冲突，而只在乎其中的情节。

抓住戏剧冲突才能抓住故事的本质，抓住情节只会让你成为情节的借鉴者，却永远无法创作出好故事。

▶▶情感体验：人物情感与命运

故事的框架已经初步成形，但你总觉得里面缺少一些打动你的东西，你甚至感觉人物变成了情节和主题的奴隶。

你既感受不到人物的生命力，也感受不到故事的生命力。

问题出在——你没有在故事中提供丰富的情感体验。

一部分男性创作者可能认为，情感这事属于女性作者，男人并不擅长，也不应该试着在故事中加入情感。这样的想法通常出于偏见，认为情感体验就是为了事情伤感、难过、愤怒。但情感体验远不止于此。

拓宽对情感体验的认识，找到那个你更擅长制造的情感体验并加入到故事中去吧。试试这些方法。

• **对完美关系的向往。**在这个世界上从来不存在完美的爱情、亲情或友情，但在故事里可以。人对现实中的关系有多失望，对故事中完美关系的向往就有多强烈！人们对于亲密关系中哪些地方失望？走到失望的反面去，你就会找到人们的期待。比如，人会因朋友为了利益背叛自己而失望、愤怒，就会无比向往坚定不移、不受利益影响、雪中送炭的友情。尽管观者理智上明白这样的感情不可能存在，但不妨碍观者在情感上受到触动，并由此获得一丝治愈效果——这个世界上可能真的存在这种完美的关系，只是我还没机会遇到。

• **对强力精神的向往。** 与对完美关系的向往类似，人也会向往完美的人格。不过，人们所向往的完美人格通常并非"完美"或是"道德模范"，而是某种强大精神的化身，比如侠义、叛逆、忠实、不受束缚、坚强不屈等。强力精神意味着人物面对任何打压都不会被打倒，反而会站起来，加倍还击或是继续坚持自己。你需要做的是找到这种精神所在，并设置大量的阻碍来检验主人公。这样的人物身上有着最强大的生命力。记住这个检验标准：如果观者看到人物的所作所为，心里觉得"我无论如何都做不到"，那就说明你成功塑造了具有强大精神的人物。

以上是通过塑造一段关系或一个人物来为观者带来某种情感体验的方式，再来看看在故事中具体的场景中如何带来情感体验。

• **代入苦难。** 当人物承受着苦难却没有崩溃的时候，观者所体验的更多是一种想象中的感受。观者想象着自己从来没有体验过的苦难，在其中隐约感觉自己的生命得到升华，灵魂的边界得以拓宽。试着让你的主人公承受苦难，让主人公动摇、怀疑周遭的一切，几近堕入深渊，但人物心里仍然存在着一丝对希望的向往，并努力走出困境。

• **表达真实情感。**与想象中的完美关系、强大精神、灵魂升华相对应的，就是表达真实情感。通过语言、动作、潜台词，让主人公展示自己的真实情感。无论是在困境、逆境，还是顺境中，只要人物表达的是真实的情感，其中就蕴含着巨大的力量。情感可以隐忍地藏在满不在乎背后，也可以大声呼喊出来；可以藏在沉默中，也可以爆发出来像利刃一样伤害对方；人可以在大雨里跳舞，也可以在阳光下走着走着突然就哭出来。这个世界上有无数种细微的情感，也有无数种表达方式，在创作过程中要避免僵化和刻板。是否表达出真实情感的检验标准是：你能否在你写下的文字中，感受到内心有所触动？

• **带来复杂感受。**在绝大多数时候，人所体验的情感都是单一或接近的。当听到好消息时，人会喜悦；被侮辱时会感到愤怒、不快；被打击时会感到消沉、难过、愤怒。但在某些特殊的时刻，人会同时感受到多种截然不同的情感——惋惜、痛苦、失望、希望、愤怒。试试这些方法：让人物在得到一件重要的东西的同时失去另一件重要的东西；让人物的命运在短时间内发生巨大转变，使其情绪从一极走向另一极；可怜之人必有可恨之处——主人公被对立人物所欺辱，但与此同时，对立人物也是可怜人，被别人或是环境所压迫着。注意，这样的特殊情境通常也对人物十分重要，想想发生的事会为人物的生活、情感、命运带来怎样的影响，又推动人物采取什么样的行动？

你可以通过一切技术手段来制造情感体验。人物行动、人物特点、境遇、阻碍、折磨、好运、噩梦、景物描写、诗一般的语言、人物自我表达……你甚至可以用标点符号或人物的沉默来表达情感，如下所示。

"埃里克？早就听说你从前线回来了，"山姆夸张地绕着埃里克转了一圈说，"你小子没缺胳膊少腿吧？"

埃里克没说话，看着终于站在他面前的童年伙伴，猛地抱住对方。

"你没事吧？"山姆问。

他没说话，只是抱得更使劲了，过了好一会儿才松开山姆。

"我以为你小子快哭了呢……"山姆照他胸口擂了一拳。

"我没事，"埃里克略显笨拙地弯腰，把手伸向裤脚，"只是少了条腿。"

不过，为了带来丰富而深刻的情感体验，过分戏剧化的情境或是严刑拷打、肉体折磨并非必须，这取决于你故事的背景。对于许多贫穷却正直地生活着的普通人而言，生活本身就是苦难。比如《骆驼祥子》中的祥子不停拉车攒钱，车却被逃兵掳走，钱也被侦探敲诈。而在《我脑袋里的怪东西》[1]中，

---

[1]《我脑袋里的怪东西》(*Kafamda Bir Tuhaflik*)，是由诺贝尔文学奖获得者、土耳其作家奥尔罕·帕慕克创作的长篇小说。

卖了25年土耳其传统饮品钵扎的小贩麦夫鲁特则在一个深夜被两个人拦下，抢走了他全天的收入，这是他为家里人治病的药钱，甚至还抢走了他12年前结婚时的礼物——一块名牌手表。但令人心情复杂的是，这两人同样是在伊斯坦布尔的高速发展中被抛弃下来、只有胆量持刀打劫小摊贩的穷人。而且，这两人是一对父子——不是被生活所逼，一个虔诚而传统的父亲怎么会带着孩子抢劫呢？

你已经为关键情节点写出了一些初稿，现在，进一步雕琢初稿，让它带来丰富的情感体验吧。

结构：从基础到玩转

祝贺！你手里已经有了故事的主要情节，并且情节都来自你的主题、人物和世界背景。即使你最终对故事进行大幅度修改，但是你耗费在构思和试错中的时间大大减少。你甚至还写下了一些精彩的片段，其中蕴含着强烈的冲突、情感甚至还带有悬念和转折。

你终于可以思考结构了！当然，如果你想继续发展故事，可以写出更详细的梗概或是初稿，而后再回到这部分。但如果你的直觉告诉你"我真的需要一个好结构了"，那么，让我们看看如何利用结构来激发故事的潜力。

▶▶面、线、点：序列、场景、节拍

首先，我们要对故事的基本结构进行了解。基本结构由序列、场景和节拍构成。对于故事而言，这三个结构就像是一个章节、一段话和一句话。

手握故事大纲，这意味着你的故事最起码已经有了序列。

一个序列通常对应一个故事的重大事件。在每一个序列的开始，你都应该保证主人公做到以下事件。

• 遭遇一个戏剧情境，迫使主人公不得不做出行动。如果是在推理故事中，戏剧情境可以是又一桩犯罪事件发生，也可以是获得重要的新线索。

• 逐渐了解敌人更多的消息。

• 承担失去某些重要存在（人、物、地位等）的风险，并且因为敌人穷追不舍，风险越来越大，最终转化为危机。危机则在序列的高潮部分爆发。

• 你的序列包含：开始，发展，高潮，结尾。

• 主人公与对立人物之间你来我往，可以是刀光剑影，也可以是"眉来眼去剑""情意绵绵刀"和"干柴烈火掌"①。

• 在这个过程中，主人公会展示自己的优点和弱点。主人公也

①眉来眼去剑、情意绵绵刀、干柴烈火掌：出自导演刘镇伟执导的喜剧电影《东成西就》。影片中，主角黄药师与素秋一同修炼，练的"每一招都要眉来眼去的，好伤神的"。这揭示了爱情一事你来我往，甜蜜却又伤神的本质。

许会直面自己，这将为事情带来转机。但如果主人公继续坚持缺点，事情则可能变得更糟，或短时间变好了但为后面埋下祸端。

注意，重大事件意味着经过这次事件，主人公的命运从事件开始到结束经历了重大转变，所以在每个序列的结尾，你都应该确保。

• 主人公的生活或命运经历重大转变。主人公失去了什么？又得到了什么？

• 主人公由此弱化了缺点、强化了优点；或者弱化了优点、强化了缺点。

• 人物关系发生改变。敌人变朋友、朋友变敌人？遭到背叛？关系更进一步？

• 人物目标发生变化。可以是在原先计划的基础上更进一步（也有更大风险）；可以是改变原有目标背后的动机（比如，在《我不是药神》中，程勇卖药的动机从挣钱变成给病友们提供低价药治病）；也可以是根据情况改变自己的目标（比如，《我脑袋里的怪东西》里，麦夫鲁特一开始的目标是跟梦中情人结婚，婚后则是为家庭带来幸福）。

序列的存在并不是为了规定你在一个故事里应该有几个序列，而是提醒你应该控制故事中主要事件的数量以及质量。如果主要事件过多，全都被塞进一个两小时电影体量的故事里的话，看似情节丰富，但容易给观者"乱""满""散"的感受，人物在故事中也没有足够的时间和空间去体会自己的情绪，因为人物一直在为了实现情节发展而四处奔波。

这也是为什么，一部电影或戏剧作品中，通常只包括6~10个序列，而在电视剧和长篇小说中，则可以容纳更多序列。

当你将主要情节点以序列的形式呈现时，可以试着利用下面的表格（如表6）。

表6

序列编号 主要情节概括（根据需要增减主要情节） 1._____2._____3._____4._____5._____		
开始	过程	结果
人物目标 实现目标必经之路上的风险	主要人物的行动 人物1： 人物2： 人物3：	危机 □解除 □激化：新的危机
主要人物关系状态 1. 人物1与人物2 2. 人物2与人物3 3. 人物1与人物3 注：根据你的需要可以增添人物	风险变成危机的事件（发展，根据需要增减） 1. 2. 3.	行动所造成的情感效果 对关系造成的改变
主人公的生活或命运 主人公的心理因素 （优点、缺点、阴暗面等）	危机爆发的事件 （高潮）	主人公的生活或命运的改变 主人公心理因素的改变 ·

接下来，让我们聚焦于序列中的"过程"，它通常由场景实现。

"场景"一词出自影视剧本。尽管"场景"是个影视剧制作术语，但它同样可以运用在小说中。事实上，在小说中使用电影思维反而可以让你的故事编得更加有画面感也更加紧凑。当你仔细阅读小说，你将会在绝大多数小说中找到场景的痕迹，只不过你看不到那串用黑体写出来的场景小标题。

在电影、电视剧剧本中，一个场景通常意味着一个拍摄地点，故而在格式上需要包括下列元素（目前我国影视业没有通用的标准）。

> 第XX场，奇妙镇，王龙家，日，内★
>
> 宋体 四号字号
>
> 场次编号、大场景位置（有时不包括）、具体拍摄场景、拍摄时间、内景或外景
>
> ★而在电视剧剧本中，除了场次编号、时间、地点、内外景外，还需要写明在该场景中出场的人物。通常分三行说明：时间、地点、人物

尽管场景对于序列而言是过程，但场景才是观者最能注意到的故事基本结构，因为它时时刻刻发生在观者的眼中——人物进入一个地点，做了些什么事，带着什么结果离开，简单而直接。

节拍则是故事的基本结构的最小单位，小到"一来一回"即可构成一个节拍。比如：

> "我真的不知道谁拿了箱子……"他说。
>
> 对面的人一拳打在他肚子上。
>
> 或者像这样：
>
> "我说了多少次，不要突然消失，又突然出现，我们为什么不能像一对正常的情侣一样……"
>
> 使劲吻了上去。随后说："我爱你。"

我们将在《冲突与行动》一章中进一步探索如何利用节拍将场景写得精彩有趣，并深入人物内在、展现主题和意义。而在故事框架阶段，我们需要专注于如何通过调整场景来得到我们想要的结构。

▶▶玩转结构：结构与场景

试着在脑海中回顾因为结构而留下深刻印象的故事，你想到了哪些故事？

你可能会想到《记忆碎片》和美剧《西部世界》这样打乱时空的故事，或是电影《低俗小说》这样的章节式片段叙事，还有电影《撞车》这样的网状叙事、电影《本杰明·巴顿奇事》的逆序叙事等。

那你有没有想过，这些故事的创作者为什么选择这样的叙事结构？

很多时候，在故事构思一开始就思考结构的人，往往并没有考虑过这个问题，只是单纯觉得"出色的结构等于出色的故事"。

不过现在，你应该已经不会再掉入这个陷阱，因为你明白结构也必须与整个故事协调。

换句话说，决定故事结构的并非创作者，而是故事本身。这也正是为什么你需要在已经掌握了故事大概走向的现在才能够考虑故事结构。

绝大多数故事采用线性结构。

线性叙事意味着序列以时间顺序排列。尽管这中间穿插着呈示、闪回、插叙等手法，但故事主体仍然跟随主人公前进的脚步向前。线性结构易于理解，情感效果也更容易累积起来最终将故事推向高潮。

问：我觉得线性结构很无聊，想转向其他结构怎么办？

答：在这之前最好还是先检查一下你的故事有没有足够强的戏剧情境、戏剧冲突以及足够打动观者的人物和人物行动。因为让你觉得无聊的并不是故事结构，而是你的故事本身。

那么，我们为什么需要使用非线性结构？

看看下面故事创作者选择非线性叙事的原因。

《记忆碎片》讲述的是一个有破碎记忆的人寻找杀妻仇人的悬疑故事。主人公莱昂纳多必须寻回自己记忆的片段，因此将故事打散为片段符合碎片式记忆的特点，也符合塑造悬念的需求。此外，莱昂纳多的记忆系统不断增加他"认为正确的信息"，但这些信息并不真的可靠，所以故事中的场景重复出现，每次出现都会带来新的信息，同时与原先的信息相冲突。

《西部世界》中的女主人公是人工智能，记忆会被一次又一次清除并上演同一个剧本，因此我们难以确定在某个片段中的女主人公处在哪个时间段上。这种被打乱的时间片段也带来了故事的一大反转——直到后面我们才发现那位可爱而正直的客人威廉竟是在一整季中都折磨、虐待女主人公的黑衣老人。

《低俗小说》则讲述了多组人物的故事。多组故事之间人物的关系为：某个片段中的主人公造成了另一个片段中的主人公所面临的戏剧情境，迫使对方面临危机并做出反应，但每个片段内的故事都相对独立。因此，你可以看到片段内部的故事（即场景）呈线型发展，但每个章节（即序列）则打乱了时间顺序。但这种打乱时间顺序的手法更像是为故事添点乐子，而不是像《记忆碎片》那样制造了大量悬念。

《撞车》则探讨了不同的人会如何歧视别人或是受到歧视，尽管不再以章节的形式讲故事，而是每一两个场景专注于一位主人公，之后立刻切换到下一位主人公的故事上，但在整个故事中，多个人物都经历了歧视或是被歧视，努力消除歧视但是反而加深了歧视和偏见，最终不得不以暴力而威胁他人生命的过程。这个过程就是故事的序列，只不过在一个序列里我们见到多位人物的故事。值得注意的是，影片打散了多个人物的故事，但仍然保留了线性叙事，这是为了避免观众产生更多疑惑。

注意，打乱场景或是序列在带来悬念和惊喜的同时，也会为观者带来大量困惑。尽管你在欣赏"烧脑"作品的时候常常会被其独特的叙事所震惊,但仔细观察,仍然能看到故事表面之下其他的线索在线性推进,比如悬念、人物情感、人物关系、主题还有意义。要明确,打乱时间顺序的目的绝非让观者眼花缭乱,而是为了实现自己的创作目标,再理清时间顺序以外的线索,这会让你的故事"乱"中有序。

试着用下面的方法找到合适的叙事结构。

(1) **思考故事概念和类型**。是否存在记忆(如《记忆碎片》)、梦境(如《盗梦空间》)、时空转换(如《前目的地》[①]《云图》《无姓之人》)等独特概念,或者你的故事是否属于悬疑推理类型?如果存在,你往往需要意图误导观者相信一些事情,你可以采用这些手法:多次重回同一场景获得不同信息;某个人在过去隐藏了关键信息,关键信息揭露时将带来重大反转;模糊时间界限,最终带来惊人反转。你也可以试着找出多种排列组合方式,看看哪种组合方式效果更好。

(2) **片段之间的惊喜联系**。这种故事类型属于少有的结构先于故事。故事中,每个片段内部相对独立,但又相互影响,比如《低俗小说》《愚人节》[②],观众更加在乎片段内部的故事,却也觉得片段之间的联系很有意思。

---

① 《前目的地》(*Predestination*)于 2014 年上映,是由迈克尔·斯派瑞和彼得·斯派瑞导演,罗伯特·A. 海因莱因参与编剧,伊桑·霍克主演的科幻悬疑电影。

② 《愚人节》于 2015 年上映,是由石川淳一导演,古泽良太参与编剧的日本喜剧电影。

（3）时空的蝴蝶效应。这种类型同样是概念和结构先于故事，因为概念和结构决定了故事——人物总是一次又一次地尝试改变命运，却总是带来意想不到的结局。比如，电影《罗拉快跑》《蝴蝶效应》《无姓之人》等。如果你想探索一个人在人生中的多个选择可能会造成什么后果，选择这样的结构再好不过。你还可以试着打乱时空，就像《西部世界》那样，为故事增添一丝讽刺色彩。

（4）过去、现在、未来——群像故事。当你在创作多主人公的故事时，选择线性网状叙事（比如《撞车》，以及绝大多数电视剧、长篇小说）还是非线性网状叙事（比如《西部世界》），取决于你是否强调围绕时间发展的悬念。在线性网状叙事中，你更在乎故事会如何发展，也就是现在如何导致未来的发生。而在非线性的网状叙事中，你不仅在乎现在和未来会发生什么，过去发生了什么也同样重要。

（5）研究他人作品。当你试着研究别的故事的叙事结构时，试着找到创作者之所以使用这个结构的理由。同时，仔细寻找看似凌乱的结构背后，故事线索是如何层层推进的。对于那些线索超多的"烧脑"作品，你可以追踪每一条叙事线索，看看线索如何误导观者朝着某个方向去思考，又如何反转。

不过，你不需要拘泥于"网状叙事""回环式""洋葱式""片段式"这样的名称，也不必听从总结这些结构的人的想法。

你需要回到故事中去，找到故事自己的选择，那个让故事变得更好的唯一选择。

"临门一脚"综合征

最危险的时刻来了。

你已经走得很远，马上就可以开始正式写故事了。但对于故事类型的恐惧突然席卷了你——你不确定你的故事能否受到观者的喜爱，你担心故事写出来太过于标新立异而不符合类型要求。如果你在进行商业故事创作，这份恐惧会更加强烈，也许你的故事会让投资巨大的项目变成赔本买卖！

于是，在这临门一脚的时候，你决定退一步。还管什么好故事、戏剧冲突、累进、协调，不如直接找些经典桥段"借鉴借鉴"。你相信，这些曾大获成功的作品的情节和桥段，一定能保证你的作品获得同样的成功。

更可怕的是，你在抵御"借鉴"的诱惑的时候，之前看起来很有吸引力的主题、人物、世界背景还有你写下的故事推演，突然变得有距离感，魅力也在一点点丧失。你感觉故事的世界仿佛在推开你。

这一切都让你怀疑：我的故事真的应该朝着这个方向继续前进吗？

"临门一脚"综合征可能发生在故事的任何阶段。最直接的症状就是，你会想"我真的应该写下去吗"？它会让你对故事充满怀疑，故事世界的魅力也会消散，还有可能推动你去借鉴其他的故事。让我们来看看它的多种症状、"病因"和解决方案。

▶▶你没跟故事亲近起来

症状1：随着故事的发展，我觉得离一开始的灵感越来越远，但是我又感受不到现在故事的魅力。

病因：你太过沉迷于初始灵感带来的感动，又没有与正在创作的故事建立起情感连接。

解决方案

故事创意板。翻出你的故事创意板，试着找找这个世界的氛围。

戏剧情境检查。检查你的故事的每一个情节是否包含足够强的戏剧情境。

初稿。找到在你的构思中应该让主人公飞上高空或是跌入谷底的段落，试着把这一段的初稿写出来。写出戏剧情境下主人公如何使出浑身解数解决问题。获得奖励后主人公有多开心？跟谁分享？如果是跌入谷底，主人公有多难受？主人公身边的人因此不得不承受怎样的痛苦？如果可以，尽可能多地将关键情节点转化为草稿。

人物独白（日记）。为人物的情感宣泄时刻写独白或日记，让人物大声说出自己的内心想法、欲望和野心，也袒露脆弱。

症状2：我感觉不到故事里的任何情感。看我写过的东西就感觉字都能看见，但看不进去这些字都在说什么，就像一个人在大声说话但我听不明白他在说什么一样。

病因：你担心故事不是你想象的那样（你担心它太糟糕了），你还没准备好接受它，所以你的大脑拒绝理解它，把你写出的文字变成了"天书"。

解决方案

后退一步。你记忆里一定有些事，平时一想起来就会感受到其中浓烈的情感。现在，想想它，你能感受到其中的情感吗？如果连自己记忆里的情感都感受不到，现在你该歇歇了。看看书，回顾一下故事创意板，或是做任何让你放松的事。直到你再次能够感受到种种情绪（而不是被焦虑和恐惧遮住视线），这时再回到故事中去吧，不抱有偏见，就像是看别人的作品一样，这时你将对故事有更新鲜、客观的判断。

他人意见。在创作过程中并不是所有阶段都适合把作品给别人看，但现在是个不错的时机。试着多找几位直言的朋友或家人以获得不同的反馈。如果你已经有了初稿，那再好不过；如果你只是有故事大纲和设定，你可以把这些以讲故事的形式讲给"读者"们，听听读者的疑问和意见。也许你会发现故事中自己一直忽视的缺点，但也可能发现自己没意识到的优点。最重要的是，你对故事的捍卫之心会由此产生，你会忍不住解释、试着挖掘故事的优点和缺点，因此别人在这阶段的意见并没有那么重要。当你敢于让作品面对他人的时候，你就已经强迫自己面对作品了。

▶▶你没用好累进和协调

症状1：我觉得人物与世界背景和主题有些格格不入。我选择的主人公并非这个故事的最佳选择。

病因：故事的主题、人物、世界背景并不协调。

解决方案

在创作过程中你把一些不属于故事的东西加了上去，以为它会有用。但你心里总感觉不舒服。回到你做了"多余的事"的地方，用累进和协调的方法使故事发展符合主题、人物和世界背景吧。

症状2：我感觉事件之间存在着巨大的鸿沟，人物突然就从这里跳到那里，但我想不到人物是怎么跳过去的。

病因：人物的前进路线并不是累进式的，而是跳跃式的。

解决方案

动用直觉找到那个让你觉得"有沟"的地方。

往前一个情节点看看，中间是否缺了人物行动的重要步骤？人物的感受能否导致后续行动？

如果人物的感受无法推动行动，就让对立人物伤害主人公更深、更狠！或是提高危在旦夕的人、事、物对人物的重要性。

▶▶你担心自己的作品不符合市场要求

每一两年，你都会在市场上见到一个找到独特切入点的超级"爆款"故事，这些作品中的元素你都似曾相识，但这部作品就是火了。奇怪的是，在一年后，你会听说大量的新故事试图复制"爆款"的成功，但你连见都没见过。

每年，你都能见到一些声势浩大的作品袭来，自带王者气质，可到了市场上却只能扑出个小水花。

"创作者就应该坚持写好自己的东西""创作者不应该考虑太多商业问题""商业成功永远可遇而不可求"，这样的说法只能带来一时的平静，却无法平息创作时恒久的骚动。

我们的确不能确保自己的作品在市场上获得商业成功，但我们可以试着让故事更打动人心，也更符合我们选定的观者群体的期待。这些写作技术层面上的东西，则是我们可以努力去掌控的。

你需要回答两个问题：①你如何通过故事来满足观者期待的元素；②观者所期待的元素能够满足观者什么样的心灵需求？

在下面的章节中，我们将具体讲述主题、人物、虚构世界、冲突和人物行动将如何满足观者的期待，并涵盖节奏、意义、潜台词、氛围等写作技术。而在这里，我们看看观者期待的元素能够满足观者怎样的心灵（精神、心理）需求。

观者之所以会选择进入故事的世界，而不是通过观看短视频、浏览新闻等方式消磨时间，是因为故事世界提供的不仅仅是打发时间，还能够填补观者心中的空缺。

• **对人际交往的疑问**。怎样维持人际关系？怎样在职场中不吃亏、步步为营？怎样获得良好的交谈技巧？怎样维持一段爱情？怎样让别人更爱自己？

- **对内在平静的疑问。**怎样在繁乱的生活中保持平静？怎样脱离原生家庭的影响？是否应该与自己和解？是否应该坚持自己的内心？如何获得强大的内心力量？

- **对人生意义的追问。**人生真的有意义吗？如何找到人生的意义？当周围的一切都离自己而去的时候，如何在绝境中不失去信心？如果自己并不是超凡的人，如何找到生活中的意义？如何找到一份普通工作的意义？

- **未被满足的现实需求。**有钱；完美的伴侣；忠肝义胆的伙伴；充满智慧的导师；充满冒险的幻想世界；"金手指"；真正的爱情能够经历一切磨炼；真正的友情可以两肋插刀……

- **人物的证明。**人物通过自身经历来证明某个主旨，从而影响观者的人生价值观。善良的人会获得好报；人性本善；努力就会获得成功；改变自己的弱点就可以获得更好的生活……

- **娱乐。**充满惊奇感的世界构思；令人坐立不安的悬念；令人毛骨悚然的恐怖氛围；感动；爽感；忍痛的孤胆英雄；用苦难证明真爱的"虐"感；生活中亲密互动的"甜"感……

试试将观者期待的元素和上面的心灵需求相对应，再看看一个故事如何满足了不同的期待元素和不同的心灵需求。注意，同一个情节可以同时满足多个期待元素和多种需求，甚至可以同时满足相对较为"商业"和"艺术"的期待元素，以及"精神"和"娱乐"的心灵需求——你不需要被商业或艺术，深刻或娱乐的框架所限制，许多受欢迎的好作品往往既能满足娱乐也能带来深度。

问：怎样创作有风格的、独特的，但同时又能够满足观者期待和心灵需求的作品？

答：你可以将故事类型、故事类型中的元素进行混搭，而这自然会满足不同的期待和心灵需求。比如，当你想到儿童故事的时候，通常只能想到"冒险""欢乐喜剧"。但《怪奇物语》[①]将儿童之间的伙伴之情、独特的年代背景、科幻怪物、离奇的失踪加入了悬疑推理和家庭等元素，令人耳目一新。

创作者很容易在创作的过程中，一点点滑入某个类型的套路中。这时，你需要提醒自己故事应该满足多种期待和需求。

接下来，检查看看，你的故事框架也好，梗概也罢，甚至是已经初现规模的初稿中，是否满足了多种期待元素和心灵需求。

如何确定自己的故事是否满足这些需求？你的感受自然会告诉你。

你会感动，恐惧，愤怒；你也会感到心像是被揪起来，或是不自觉地嘴角上扬……

不过，如果你在看其他作品时无法感受到某些情感，或是无法看到作品背后的意义，那么还是不要试着复制到自己的作品中了，因为你还没准备好。

深呼吸，接下来，让我们深入故事的世界吧。

---

① 《怪奇物语》(*Stranger Things*) 是于 2016 年上映的科幻悬疑剧集。

第三章

主题

被忽视或过分重视的主题

夸父不量力，欲追日影，逐之于隅谷之际。渴欲得饮，赴饮河、渭。河、渭不足，将走北饮大泽。未至，道渴而死。弃其杖，尸膏肉所浸，生邓林。邓林弥广数千里焉。

——《列子·汤问》

在你的印象中，主题是什么？

你印象中的主题大概也被称为主旨或是前提。主题可以是你希望通过故事传递的重要信息，而观者可以通过故事中的情节概括出一条经验教训。比如，《狼来了》的主题就是"说谎会导致信任缺失，因此当真正需要帮助的时候却不再能获得别人的帮助"。

你还知道，主题有着诸多功能。

• 针对创作者所选择的话题，给出独特答案。

• 承载创作者希望阐述的意义。

• 为人物和故事世界设定了运行规则。

• 主题决定了人物命运的起点和终点。

你甚至知道不少写作前辈强调过，主题是一种因果关系，即____（人物的特点或行为）使（导致）____（人物的命运）。

比如，《记忆碎片》的主题是欺骗自己只会毁灭无辜之人的人生；小说《包法利夫人》的主题是过度迷恋幻想中的美好（生活方式、爱情）只会带来自身毁灭；《阳光小美女》的主题则是即使梦想再"可笑"，坚持不放弃就是赢家。

关于主题的以上说法都是正确的。

创作者一直明白主题的重要性，但是在行动上，却往往呈现三种状态。

- 过分重视。
- 过分忽视。
- 总是处于迷惑和纠结中。

过分重视主题的创作者，就像是不停追逐着太阳的夸父，不断沉迷在抽象的思考中，努力让主题显得更加深刻、复杂，最终却发现创作的过程只有构思而没有故事，而创作动力也在追逐太阳一样的主题的过程中，消失殆尽，最终故事因为缺乏人物和行动的滋养"道渴而死"。在好一点的情况中，这样的故事也常常被人说"过于深奥看不懂"或是"故事僵化教条"。

过分忽视主题的创作者则正好相反，认为太阳太遥远，不如专注于脚下的路，最终却东走走西看看，让人摸不清故事的头绪。这样的创作者往往从一个模糊的想法开始，跟着激情往下写，但到了某个时候故事再也进行不下去了。

总是迷惑和纠结于主题的创作者，不是无法确定一个合适的主题，就是在无数个主题之间游移不定，觉得这个挺好，那个也

挺合适。而这样的想法体现在故事上，就是人物逻辑混乱，情节
（人物行动）之间的逻辑不够强，从故事开头到结尾甚至能看到
多个主题出现。结果就是，观者完全陷入混乱和迷惑之中。

到底为什么会这样？

主题即人物，即故事

问题出在哪儿？

从认识上，你还没被说服主题即人物、即故事。

从行动上，你还不会通过发展主题来发展故事。

我们之所以很难理解主题就是人物、就是故事，是因为太
多人强调主题如何概括总结故事，因此把主题当作是概括性质
的一句话。似乎主题只是"因为……导致了……"这样的一条因
果关系，而究竟如何从这个"因"到达这个"果"，就要交给
故事情节来说明。

但是，很少有人强调主题同样需要发展。而且，主题发展的
每一步，都会体现在人物的每一次行动、故事的每一次前进中。

换句话说，**概括性质的"一句话主题"并不完整，只有一
步步从主题的起点发展到终点的链条才是完整的主题。而这样**
的主题才是对我们的故事创作有用的。

▶▶ 主题的累进式发展

当我们还是学生的时候，就已经通过语文课学习了如何总结故事的主题。这种寻找主题的方法由详细到概括，我们透过故事的枝叶去看主干中的主题。这让我们完全习惯了主题就是概括性的一句话。但这是故事观赏者对主题的认识，而不应该是创作者的——因为这种认识并不能帮助创作者通过主题写出好故事。

以《包法利夫人》为例，在阅读后，我们可以概括出它的主题：过度迷恋想象中的、不属于自己的美好生活（奢侈的生活、浪漫的爱情）最终会带来人生的毁灭（债务、情人离去、自杀）。

作为观赏者，学到这样的一课就够了。但是作为创作者，光靠这样概括性的主题并不足以让它变成一个故事。假设你决心以这样的主题写一个故事，你会发现，从"过度迷恋"到"人生毁灭"中，存在巨大的鸿沟。你必须回答鸿沟中的无数问题才能让人物走向"人生毁灭"的结局。你可能会提出这样的问题。

• 为什么女主人公爱玛·包法利（简称包法利夫人）会过度迷恋奢华的生活？

• 包法利夫人对奢华生活的幻想从何而来？

• 为什么包法利夫人会不爱自己的丈夫却渴望情人？

• 包法利夫人的情人是否导致了她的自杀？

• 她为何负担起了债务？

• 债务为什么最终导致了她的死亡？

● 她为什么不得不自杀？

我们可以将问题清单继续下去，直到它能够解释清楚故事为什么会发生。

而当我们回答完所有的疑问，并且所有答案之间不存在致命的逻辑问题，一切在故事的框架内都能说得通的时候，我们就无意识地完成了**人物的累进式发展**——前因对人物产生心理上的影响，并使人物实施某种行动并导致后果。而后果则再次成为前因，由此积累下来并决定人物的前进方向。在这个过程中，人物得以发生变化，故事也因此得以发展。

故事和人物的累进可以用一连串的"之所以会发生……是因为……（的原因）"来概括。

就像你已经认识到的那样，想要填补主题的起点和终点中间的巨大鸿沟，同样需要回答无数个"之所以会发生……是因为……（的原因）"。

让我们试着推演，包法利夫人如何从一个什么都不懂的婴儿累进发展成一个迷恋美好生活的女人，又如何累进至自杀的结局。首先让我们写下根据主题已知的部分。

爱玛出生——爱玛向往美好奢华的生活——爱玛嫁给夏尔·包法利成为包法利夫人——爱玛背上债务——爱玛与其他男人成为情人——爱玛债务崩盘——爱玛自杀。

接下来让我们试着根据已知的部分推演出累进过程（已知部分加粗标出）。

爱玛出生——爱玛的家境并不出众——爱玛从书中得知无趣生活外的美好生活的存在——她将自己想象为书中的主人公，幻想着自己获得美好生活和浪漫爱情——**爱玛向往美好奢华的生活**——爱玛初识夏尔——爱玛得知夏尔的职业有可能会为她带来从小向往的美好生活——**爱玛嫁给夏尔·包法利成为包法利夫人**——婚后爱玛发现夏尔并不像自己期待的那样，能够提供给她期待的生活——她尝试过，尽自己的能力营造生活中的美好，但那离想象还差得远——爱玛遇上一位放债的人，那个人同时给了她购买象征着美好生活的奢侈物件的渠道——爱玛买了一次，她开心极了——她还想再买，但是资金不够——她试着催促夏尔挣钱，但夏尔不为所动，她只能靠自己——**爱玛背上债务**——爱玛邂逅了其他的男人——其他男人比夏尔更懂她作为一个女人的魅力——**爱玛与其他男人成为情人**——爱玛债务危机初现——爱玛不敢告诉夏尔，夏尔也无力偿还，她向情人求助，情人拒绝——爱玛试图找管债务的公证员帮忙，对方不愿意——**爱玛债务崩盘**——**爱玛自杀**。

　　在一系列逻辑链条内，为了使主题发展的过程看起来更清晰，我们着重推演了爱玛因为向往美好生活而超前消费、背上债务无力偿还、最终自杀的主题线索，而对爱玛浪漫爱情的线索没有进行过多推演。我们可以清楚地看到，在主题之下，爱玛的命运如何从"向往美好生活"的起点累进发展至"自杀"的终点。

　　问：但是你所说的主题推演看起来更像是人物命运、人物行动，也就是故事情节推演啊？为什么还说是主题推演呢？

答：这是因为主题的发展本来就是人物命运的发展，也是故事的发展。当我们不再把主题看作概括性的一句话，而是将它中间缺失的部分都一一填补，使概括性的主题变成一条长长的主题链条，这时你会发现它一直是故事的一部分。因为主题本来就说明了人物命运的发展，而人物命运的发展又是由人物自身性格特点和行动造成的。这也是为什么主题和人物会协调发展的原因。

你现在可能仍然觉得有些奇怪，这其实是因为你的直觉已经习惯认为主题是一句概括性的总结，只能看到起点和终点，却很少考虑从故事中探寻主题的发展轨迹。

试着找到你喜欢的故事的主题，并且从故事中找到主题发展的轨迹，这将帮你习惯将主题看作一个累进发展的链条，而不是概括性的总结。

▶▶怎样找到主题

你已经明白，主题不仅仅是概括性的一句话，而是一根累进发展的链条，贯穿人物和故事的发展。你也知道，主题、人物和虚构世界背景可以相互影响。

不过，这都是建立在已经找到主题或是人物、虚构世界的基础上。如果现在我们对于故事一无所知，并且执意要从主题开始推演出一个故事，那么我们应该怎样找到主题？

你可以试试下面的方法。

• **找到终点。**如果你想写一个悲剧结尾的故事，想想你在日常生活和新闻中听说的那些糟糕的、匪夷所思的事，那事件糟糕的结局是什么？如果你想写一个拥有积极向上的结局的故事，那就去找振奋的、感动的、给人以启发的事件，并找到那个积极的结尾作为终点。

• **对立的起点和终点。**"对立"意味着你需要给人物一个从高到低或是从低到高转变的起点。这是为了让故事更吸引人也更具戏剧冲突——因为观者会迫切地想知道到底是什么造成了如此颠覆的转变。比如，一个家境优越的漂亮女孩最终沦落为疯疯傻傻的妓女（《圣殿》[①]）；一个天才的学者却罹患精神分裂症，不过最终他努力战胜了精神分裂症（电影《美丽心灵》）。

• **找到身边人的命运轨迹。**你也许已经有了一定阅历，见过身边人数次在命运的起落中试图抓住机会，却一次次没能如愿，你早就明白这位身边人的弱点所在，也明白身边人的命运会驶向何方，而当年这位身边人也曾向往仗剑走天涯。

• **抓住身边人与众不同的坚持。**你也许有这样一位朋友：活了这么多年依旧有自己的与众不同的坚持，从不因为外界而妥协。也许朋友因为自身的执拗而命运惨淡；也许一直过着平淡而自乐的生活；也许靠着独特的性格拼出了一条路，但你总能感受到朋友身上独特的生命力。如果

---

① 《圣殿》，美国作家威廉·福克纳创作的长篇小说。

这样的朋友作为主人公，那么在俗世的挑战中如何坚持自己的"与众不同"、所坚持的事有什么个人意义远比其命运的起伏更吸引人。因此，主题也就从"因为坚持自己而导致……"变成"因为坚持自己（的特点、想法）而导致……（生活状态、命运），但人物并不在乎，因为……（这件事对人物的意义）"。比如，《编舟记》[①]的主题是即使被人说是没用的、浪费时间的、枯燥的工作，主人公仍坚持编撰辞典，因为编撰辞典远比普通人想象的要有趣、有意义。

● 找到话题切入点。也许你想要探索一个话题，那么主题就是你对这个话题的答案，你也可以通过多个人物给出多个答案（通常是在电视剧中）。你需要找到一个切入点。不要说"嘿，让我们来聊聊如何当个好父母"，而是更具体一点地说"我们应该怎样陪伴孩子度过青春期才能让孩子不走入歧路"。再加上"6W碰撞法"，让切入点更加具体。比如"一个有超能力[②]的青春期孩子，总是使用自己的超能力解决问题，

---

① 《编舟记》于2013年上映，是由石井裕也导演，渡边谦作和三浦紫苑参与编剧的日本电影，改编自日本作家三浦紫苑的同名小说。

② 超能力的设定非常受青少年的喜爱。一方面，青少年的生活正面对安全的童年和动荡的现实之间的过渡，他们还没有学会用成年人的方法去面对世界的种种挑战，因此感到无力、困惑。此时，超能力能够赋予青少年"一力降十会"的力量，不需要学那些自己不屑的大人手段也能解决问题，这无疑满足了青少年延续自己自由自在生活而不用面对现实世界的幻想。另一方面，超能力本身就是对青春期的隐喻。在青春期，青少年比以往更加暴躁，也有更大的破坏力——学习成绩一落千丈、伤害家人、抑郁问题等，就像是难以操控的超能力，伤害别人也会伤害自己。这也是为什么获得超能力的青少年总是难以控制自己的超能力，会伤害家人朋友，而想要学会控制超能力，就必须控制脾气、有耐心、有勇气，而这正是青少年成长、不走入歧路的必备品质。

如何避免这个孩子滥用超能力而走上歧路"。这时，你能选择的主题就会纷纷从主题之海中浮出来。比如，滥用力量将会导致失去重要的人，唯有控制力量才能守护心爱的人；沉迷于力量只会使自身毁灭；解决现实问题不需要通过超能力，只有耐心、正直和理解才能真正解决问题。

• **根据虚构世界选择主题范围。**无论你所构建的世界有多现实或者多离奇，都应该考虑主题的范围。你的虚构世界是善良的、混乱的还是邪恶的？

√**善良：**在善良的虚构世界中，主人公需要面对的阻碍往往只有生老病死、他人的偏见等，即使有威胁主人公生命的"坏人"也都是脸谱化的，主人公可以信任自己的伙伴，而且只要面对自身的弱点往往就可以胜利，只有在这样的世界背景中，"善良战胜一切"的主题才有可能发生。

√**混乱：**在混乱的虚构世界中，人人都有自己的利益所在，人们会因此而相互倾轧，你很难相信他人但也会因为利益而结盟，对立人物通常只会做到摧毁对方的生活或社会地位，从肉体上消灭对方只是逼不得已的最终手段而不是目标。在这样的世界里，善良无法再战胜一切了，否则看起来会没有逻辑。更加现实的、有实用性而不是道德性的品质则更适合出现在主题中。比如，卧薪尝胆可以带来转机；坚持不懈可以获得胜利；过度乐观只会导致失败；过度相信别人只会为自己带来不幸。

√**邪恶：**在"邪恶"的虚构世界中，人生活在丛林法则中，弱肉强食。一群人以利用、压迫、消灭另一群人为目的。

人会在规则的允许下为恶，系统性地压迫另一群人，剥夺其自由、尊严乃至生命（如《使女的故事》[①]），也会是个不折不扣的疯子，只要自己高兴就好。你可以在战争、犯罪、反乌托邦等故事中见到"邪恶世界"。你可以选择"善良"一方的视角来看主人公身上什么样的品质使其可以战胜"邪恶"，也可以选择"邪恶"一方的视角看是什么样的品质使其自取灭亡，或是长荣不息，还可以选择对这个世界的制度进行反思，比如"战争只会让普通人颠沛流离"等。

五种常见主题与故事类型

你可能已经发现，在你选择某个主题的那一瞬间，你也选择了虚构世界的运行规则，因为如果不是在这样的世界背景下，这个主题所揭示的命运就无法发生。比如，在一个完全弱肉强食的世界里，善良无法战胜一切邪恶，因为世界的规则是力量才能战胜一切邪恶。

在创作过程中，如果主题与故事世界不匹配，也就是说人物的命运实际上并不能发生在这个世界中，那么观者会立刻感觉到故事不符合逻辑。因此，我们需要明白不同类型的主题与

①《使女的故事》（*The Handmaid's Tale*）是由加拿大作家玛格丽特·阿特伍德创作的反乌托邦小说，后被改编为同名美剧。

什么世界、人物和故事发展更匹配。

我们可以将常见的主题分为五种：理想、实用、反思、探寻和"稻草人"主题。接下来，让我们看看它们如何对应不同的世界背景、人物，为观者带来不同的情感体验，满足不同的心灵需求。

还记得《故事的基本框架》一章中的决定性三元素表格吗？在阅读完"五种常见主题与故事类型"后，试着进一步完善它（如表7）。

表7

主题	我的主题是 主题中的必经点是什么 将主题从起点、必经点累进发展至终点 起点——？——必经点1——？——必经点2——？——终点（在这里简化以做说明，你的累进发展将比这复杂得多）
人物	与主题相对应的，人物想要到达终点需要怎样的特点或能力 想要到达终点，特点或能力需要经过怎样的累进式"进化" 主人公对"意义"的认识发生了哪些变化
虚构世界的特点和规则 □善意 □中立 □恶意	制定规则的人 □层级1： □层级2： □层级3：

故事情节

你的故事适合更娱乐化的情节还是更生活化的情节

☐娱乐化

☐生活化

为主人公量身定制的灵魂拷问事件

1.

2.

3.

检查*

真实感

☐挑战 ☐世界规则 ☐人物反应

☐人物关系 ☐重要场景

实用性

☐在故事的逻辑下，观者能想象主人公的解决方案可以解决问题吗

☐主人公的解决方案是否符合个人特色

善良与邪恶

☐有深度的还是刻板的、标签化的

☐"善良"是否经历了足够的挑战

☐是否带来了多层次、种类的"邪恶"

☐"邪恶"是否经历了累进过程（而不是一蹴而就）

意义

☐主人公最初的憧憬

☐主人公最终获得的东西真的是想要的吗？值得吗

反转

☐"明面主题故事"足够有说服力吗

☐"暗面主题故事"得到了足够的铺垫吗

*注：你会在五种常见主题中见到对这五点的讲解。不过，对故事真实性、多层次的要求，以及主人公对心中的意义的探求，都并不局限于某种类型的故事中。试着思考这些元素对你故事的作用，将它们运用在故事中。

▶▶理想：美好品质战胜邪恶

（1）隐藏规则

美好品质的胜利这一主题的公式是：

_____（某种美德）战胜 _____（邪恶或某种恶习）

你可以在大量好莱坞式电影中见到某种美德战胜"邪恶"的主题模式。比如童真可以战胜成年人的世俗，单纯可以战胜暴力，意志力可以战胜权力，善良可以战胜偏见，等等。

邪恶也可以是某种恶习，比如懒惰、贪婪、怀疑、世俗、软弱。

而当恶习作为被战胜的对象，你所选择的美德就必须是恶习的对立面。比如，一个仗义疏财的人获得他人的支持和尊敬，因此战胜了贪婪的人；一个对未来抱有希望和信念的人，解决了对未来不抱希望的人所制造的种种阻碍，最终拯救了世界；一个曾经软弱的人身患绝症，决心变得坚强，发现自己的坚强为家庭带来了转变。

"美好品质战胜邪恶"这一主题之所以在故事中行得通、看着真实，真的是因为美好品质有着战胜一切的力量吗（你的现实经历会给你答案）？并非如此，它能行得通是因为故事世界的运行规则同时满足两个条件：①"邪恶"（恶行、恶习）往往只来自对立人物和主人公自身，这就意味着"世界"本身并不会给主人公找麻烦；②世界本身对于主人公是中性的，甚至是带有善意的。

换句话说，主人公之所以能够战胜邪恶，从表面上看是因为主人公由美好品质（比如善良、坚忍不拔、勇敢等）所激发的行动战胜了对立人物，但实际上这离不开"主人公不需要面对来自社会的恶意"以及"主人公会获得来自社会善意的帮助"两个隐含条件。

试想一下，在个人英雄主义十足的动作电影《虎胆龙威》中，主人公约翰·麦卡伦如果面对的是人质起内讧，并且攻击了他妻子，而大楼的每一扇门都锁住，他既没有武器也没有逃脱之法，那他一定很难获得最终的胜利；而在动画电影《冰雪奇缘》中，如果公主安娜没有得到克里斯托夫的帮助，或是风雪和悬崖的危机更大一点，她就无法找到姐姐艾莎，并带姐姐回到王国消除危机。

（2）真实感危机

这类故事的最大问题往往是故事显得没有真实感。你可能会担心挑战太假、人物太假、人物"战胜邪恶"的方法太假。

问：我们明知道主人公最终一定会获得胜利，那我应该怎样平衡好挑战的难度呢？如果挑战太难，我觉得主人公的美好品质是没法解决这些问题的。但如果挑战太简单，它又看起来不像是个令人信服的挑战，我担心观者看了会觉得这像是小孩子过家家。

答：你所面对的是两个问题：如何为主人公选择最合适的挑战，以及如何让挑战看起来令观者信服、紧张。

在你心里可能认为，主人公所面临的挑战越新奇、越刺激越好，于是你会为主人公安排一些常见的套路化情节作为挑战，比如背叛、追车、误会与消解误会等——这样的挑战不管你用什么手段包装，都会看起来很假。一位成熟的创作者明白，只有能威胁到主人公命运核心，也就是主题中的"起点"的挑战，才是一个适合的、合格的、真实的挑战。比如，电影《谍影重重》的主题是"坚定对自己的信念就可以战胜困难"，而故事一开始就给了伯恩最大的挑战——他失忆了，忘了自己是谁，对自己的信念十分动摇。而在整个影片中，作为反派的情报机构一直在试图将伯恩诬陷为一个危险人物。伯恩没有相信他们的话并束手就擒，哪怕失忆了也坚定对自己的信念，一点点拼起自己的身份，最终才能从情报机构的围剿中逃脱。

尽管观者都知道主人公最终一定会胜利，但在主人公面对挑战时仍然感到紧张，这背后的秘密是：主人公必须从行动反应、情绪反应上展示出被挑战威胁到，观者才会相信这个挑战是真实的。比如，一个男人打不开紧锁的手提箱，他用刀撬、使劲砸都没有用。他开始坐立不安，不敢接任何电话，有人敲门也假装不在家，却小心翼翼地拿着刀凑到门口，从猫眼里看到人走了才回到房间，对着箱子发泄情绪。尽管我们不知道箱子里到底装了什么，但从男人的行动和情绪反应中，我们明白如果打不开这个箱子一定会有大麻烦。但如果男人打不开箱子，只是把箱子放到一边，那这看起来根本就不是个挑战。

另一种让观者对挑战信服、紧张的方法是利用直观的视觉效果在观者心中引起的情绪。比如，我们看到悬崖、恶犬、危房都会下意识地感到恐惧。如果主人公进入危房中，我们会立刻感受到危险。而这时，如果主人公也警觉起来，对危险采取了行动，我们会立刻被说服。试试吧，塑造充满真实感的挑战没有你想象的那么难，真实感不仅来自挑战本身，最重要的是主人公把它视作挑战并做出反应。

除了使挑战更适合主人公以外，我们也可以在主题发展的累进链条上增加充满现实感的阻碍力量。它可以是主人公自身的弱点，团队的裂缝；还可以是主人公美好品质中的瑕疵等。你可以试着从这类主题的故事中寻找让故事不假、大、空的因素，注意主题发展中较为"真实""现实"的部分，以及主人公如何面对现实并保持自身美好品质。试试对比：《我不是药神》《金色梦乡》① 《复仇者联盟4：终局之战》，看看创作者如何让观者觉得故事真实可信。

有了看起来真实的挑战和拥有美好品质的主人公，现在我们可以放手让我们的英雄持剑出击，最终顺利地战胜一切邪恶吗？

---

① 《金色梦乡》是由日本作家伊坂幸太郎创作的小说，后被改编为同名电影，于2010年上映，由中村义洋导演，堺雅人主演。

我们可以让主人公也显得更加有真实感。

主人公拥有某种美好品质不代表主人公完美，也不代表这种美好品质从一开始就能解决所有问题。

作为一个人，主人公身上同样有弱点、缺点，因此主人公光有美好品质还不够，还必须战胜自身的弱点，不断成长才能战胜邪恶。

比如，在"勇气可以战胜邪恶"的主题中，主人公可能需要解决自身鲁莽、不听别人忠言的问题才能最终战胜邪恶。

同时，主人公的美好品质也可以升级成更能适应现实的版本。比如一个盲目信任别人的人经过现实的打击，怀疑过信任的价值，却也逐渐学会了判断什么样的人值得相信。

在故事中，你就会看到主人公因为盲目信任并帮助别人，引来了祸端，并对自己的生活造成重大打击。

主人公开始不相信任何人，但如果主人公面对一个不得不相信别人的状况呢？主人公会咬咬牙，决定相信那个人，还是继续拒绝信任他人？而相信他人的结果究竟是好是坏？这由你的主题中的"终点"决定。

现在，你已经准备好了让你的主人公踏上"美好品质战胜邪恶"的旅途。主人公必须通过自己和伙伴的力量战胜困难，也许你已经发现，世界的善意总会给主人公一点小小的幸运。

不过这不算作弊，这是观者所期待的，只要做得别太过火让它变成机械降神①就行。

▶▶实用：战胜弱点获得成功

这类故事的主题往往为观者提供某种实用价值。

每个人的生命中都存在遗憾。面对遗憾，我们时常会想：

如果可以 _____，（人、事）就会变得 _____。

你总是可以在心理科普读物、哲学、心灵鸡汤、人生指南中看到这样的主题。比如，如果能接纳自己，就可以不再痛苦；如果可以直面问题，就更有可能解决问题；如果可以好好沟通，人际关系就可以变得更好。

这类故事的特点在于，主人公所面对的问题与我们生活中遇到的问题相似，因此通过加入主人公的故事旅程，观者期待获得这些问题的答案。

我们应该怎样获得美好的爱情？怎样保持内心平静？怎样在职场中获得胜利？怎样面对种种诱惑坚持自己的内心？怎样

---

①机械降神来自拉丁语 deus ex machina，指戏剧中出现难以解决的困境时，拥有强大力量的神明突然出现，解决一切问题。机械降神的出现几乎总会打断人物的成长进程、破坏故事的逻辑性，也会让观者瞬间失去对主人公的一切情感。想要判断世界赠予主人公的幸运是否为机械降神，标准在于，世界的善意究竟是推了主人公一把让主人公想明白一些事，或是更容易行动，还是彻底帮主人公解决了问题。

接纳自身不完美之处？怎样消除家人之间的隔阂？

　　挑战和考验方面，主人公所面对的一定是生活中会出现的真实状况，而不能刻意追求新奇、刺激、大场面。普通人的职场、家庭、爱情中并不存在邪恶的大反派，主人公所面临的挑战之所以是挑战往往是因为主人公自身能力不足以解决问题（比如性格问题、存在信息差、未达到入门标准等），因此在故事创作中，我们需要让主人公在面对挑战的过程中展现内心世界中的问题，同时必须解决自身的问题才能解决生活中的问题。

　　你常常可以在爱情、家庭、职业故事中找到这类主题的存在。在行业故事中，观者不仅能从主人公身上学到如何解决自身问题，也能见到行业内专业问题的实际解决方案——这不仅为观者提供了实用价值，也为观者带来了新奇感和新知识。一份时间投入，多重享受。

　　问：专业问题的实际解决方案？我没有充足的社会经验，而且我也不懂各个行业解决问题的方案，怎么办？我应该变成一个领域的专家吗？

　　答：绝大多数专业技能高超的主人公解决的总是"人的问题"，而专业知识只是问题的背景和主人公用来解决"人的问题"的工具。任何行业的领导都需要下属来执行自己的意见；一位研究者需要说服资助者获得研究预算；销售必须把自己的产品卖给他人；魔术师的表演要误导观众的目光才能获得效果……你可能会想，专业人士同样需要解决专业的问题，比如研究者做研究的过程，但是，研究有什么好看的？它枯燥乏味，日复一日，年复一年，只有当研究者发现它对人有意义的时候，研究才值得被展示。比如，它能够毁灭或解救人类？这个研究让主人公家庭不和谐？主人公为了研究而失去了儿女的尊重？它揭露了某个既得利益团体的真相？因此，无论是多专业的故事（金融、医疗同样如此），你都不需要成为某个领域的专家，而是需要找到事件发生的必备专业背景知识，以及其中人的利益关系，而后找到专业和人两方面的破局点。专业的破局点通常来自主人公发现和解读关键专业信息的能力，而人方面的破局点则来自通过搜集信息找到对手的弱点和痛点。你的确需要明白某个领域内的基础名词和运行逻辑，但你更需要向你的专家顾问提出对故事创作有用的问题，不是"你们领域内有什么有趣的故事"，而应该是"你们领域各个部门之间的协调难点是什么？利益纠纷是什么？因为不同的利益纠纷而闹出过什么乱子？怎么解决的"。

当你在写"实用主题"的故事时，请检查以下几项内容。

• 主人公面对怎样的现实生活、日常世界的挑战？

• 挑战对主人公自己的生活稳定造成影响（家庭、事业等）。

• 主人公必须改变自己身上的某些弱点才能解决问题（你需要安排主人公因为自身弱点而导致问题发生并造成损失的事件）。

• 当你想让主人公展示专业知识的时候，主人公意图用专业知识做什么？获得可信度？说明情况？提供解决方案？不要让专业知识只是主人公智商的秀场，还要让它对主人公所面对的挑战有意义。想想那些"高智商"主人公在故事里如何运用专业知识吧，《复仇者联盟》中钢铁侠和绿巨人在炫耀自己专业知识的同时解决了问题；《心灵捕手》中的威尔用自己的天才和高智商来掩盖自己对亲密关系的恐惧和退缩；《人类灭绝》[①]中的分子生物学、遗传学、免疫学等专业知识服务于主人公制造特效药的目标。记住，在故事的世界里，知识是人物实现目标的手段。

▶▶反思：毁灭人性的"社会"

在上面两种主题中，危机往往只会威胁到主人公和主人公身边的人，而主人公可以通过改变自己来改变他人，最终达到解除危机的效果。而在"反思社会"的主题中，危机通常会颠覆更大范围的人的生活。

这是因为，在前两种主题的故事中日常生活的秩序和道德依然存在，而在"反思社会"的故事中，我们习以为常的秩序和道德将被破坏，新的秩序会被建立。而新的秩序总是由不同利益团体为了利益，通过引发战争、大规模暴力、系统性迫害

①《人类灭绝》是由日本作家高野和明创作的科幻小说。

等手段建立。

这种主题从表面上看十分简单，几乎总是人性中的邪恶会导致人性毁灭。

邪恶主要源自利益团体、个人对权力的贪婪。之所以是对权力的贪婪而不是其他恶性，是因为贪图权力的人往往只有爬得更高，才能有机会对更多的人造成影响。其他的人性之恶还包括傲慢、暴力、纵容恶习、对道德的忽视、自私等。

但从深层次看，对于"邪恶"的根源和形成过程以及"善良"如何战胜"邪恶"、自身是否动摇的探究，远比单纯区分"好坏"要有意义得多。因此，我们必须在一个故事中展示各种各样的恶导致各种各样的人性毁灭。

人性中的邪恶 1 会导致人性以 A 方式被毁灭

人性中的邪恶 2 会导致人性以 B 方式被毁灭

人性中的邪恶……会导致人性以……方式被毁灭

注意，我们在这里所说的"邪恶""恶"指一切导致他人社会地位、家庭、财产、尊严、生命受到威胁的行为以及其背后的心理动机。而毁灭人性则是指人、人与人之间原有的情感纽带、信赖、尊严、信念、希望、心理健康、人格等被毁灭。

比如，在一场针对特定人群的"清洗行动"中，人物1号为求自保（旁观之恶）而没有救自己儿子的好友，因此儿子从此不再相信父亲（纽带被毁灭）；人物2号则因为曾经的恩怨而诬陷自己的邻居为被"清洗"对象（公报私仇之恶），尝到权力的甜头后开始以此为由要挟其他邻居（人性之善的毁灭）；而人物3号侵占了自己最好朋友的财产并导致好友及其家人面临被"清洗"的危机（背叛之恶），好友的家人死去而只有自己独活，故而失去了对人的一切信任并自杀（信念、生命的灭亡）。

试着通过下面的方法为"反思社会"的主题增加层次和真实感。

• **寻找邪恶的累进过程。**"恶人"坏出深度，同时具有人性。在历史中，绝大多数恶人在"变坏"之前，看起来跟普通人没什么两样，甚至不追求权力。但是一旦被赋予某种权力，就会坏得令人发指。为什么？社会心理学其实并不能很好地解释恶如何在极端环境中诞生，只有大量亲历者的口述史①才能让你一窥端倪。

• **各种各样的"恶"。**不同人物的"恶"的种类越多，所对应的动机和行动也就越多，你对"恶"的主题的探索也就越丰富。比如，一个漠然的人可能是为了自保；一个陷害者则可能为了报私仇；一个背叛者可能是为了保护自己的家人。

• **漫长的解放之路。**当新的秩序被建立后，没有人可以轻易颠覆，因为新秩序总是建立在具有绝对优势的武力之上，武

---

① 你可以通过阅读《奥斯维辛：一部历史》（劳伦斯·里斯著）、《耳语者：斯大林时代苏联的私人生活》（奥兰多·费吉斯著）等讲述战争时期极端行为的书籍，来了解人为何在极端环境下会作恶。

力也将维持秩序。所以,"好人"想要实现自己的目标,光靠善良是不够的,必须要制订行动计划,拥有一定领导力,坚持不懈,不断壮大自己的势力,在数以年计的时间里逐渐实现目标。

• **"好人"的动摇。** 在故事中,由于苦果已经发生或将会发生,这就意味着"恶人"掌控了世界的规则——"好人"必须遵照规则行事,不然轻则失去平稳生活,重则失去尊严、失去生命。那么,面对重压,"好人"能否坚持自己内心的信念?你必须尝试用两难困境挑战"好人"的信念。比如,在战争时期是否应该帮助被迫害者躲藏?而这意味着自己的家人可能受到生命威胁。

• **赋予"好人"合理的行动理由。** 主人公为了什么才决定踏上反抗之路?是为了自己的家人(如《使女的故事》),还是为了保全自己的性命?抑或是我们的"好人"是个胸怀天下的英雄?值得一提的是,你很难在别国故事中见到真正一心为民的英雄人物,但在中国的历史中的确存在一心为民的无私英雄,我们的文化也更能接受一个"无私"的英雄的存在,哪怕这个人并不怎么在乎自己的家人。对于这样的英雄,我们更关注的是英雄如何解决问题、如何面对牺牲,而不是在家庭和大义之间如何迟疑纠结。

• **构建严谨的虚构世界。** "恶人"对"好人"的压迫体现在方方面面,你需要构思一个逻辑严密的虚构世界,并且展示主人公新的日常生活的方方面面。主人公的日常生活必须令观者信服。

• **把人放入真实的处境中，不加道德批判**。作为人，我们总是倾向于对他人进行道德判断——是"好"还是"坏"，是善良还是邪恶，是伪善还是中庸，等等。但作为创作者，这样的思维趋势往往会让我们看不到人物做出某些举动的真实原因，以及其背后的累进发展过程。而忽略这些只会让人物成为脸谱化的"好人"或者"坏人"。试着把人物放入困境中，而后想象人物心里有架天平，往一边放入人物所在意的东西（利益、家人、爱人等），另一边放入人物心中的信念。如果你的人物是真实的、生动的，那么人物将会迟疑不定，甚至还会做出错误的选择，但没关系，因为这都是人物成长的一部分——无论成长的终点是坚定了信念还是堕入人性之恶渊。

最后，既然你选择了"反思社会"的主题，就必须明白你的故事具有一定的现实意义，故事背后的价值观、结局有时会影响观者的价值判断。比如，"人性本恶，且作恶不会得到任何处罚"的主题往往会强化观者的错误观念。因此，你需要展示多种多样的、多层次、有说服力的"恶"来考验观者的道德信念。但是，你最好展示背叛道德信念的糟糕后果，或是"作恶"的悲惨结局。

▶▶ 探寻：生命意义和生活之味

你可能觉得，上面的三种主题都带有太强的逻辑性和目的性，就好像人总要朝着某个目标前进，又必须迎来人生和命运的巨变一样。但是，努力获得世俗意义上的成功和幸福生活并非生命的全部，正如同跌宕起伏的情节并非故事的全部。

在世俗的成功和情节之外的，是人在迷茫中寻找意义；是人深为痛苦所困，被某种感觉和念头不断折磨着，无法释怀却又难以改变；是在极其"平凡"的生活中小心翼翼地捕捉一丝幸福；是在现实的波澜中努力维持平静……这些都是生命的碎片。而那些伟大的作品能够捕捉生命的脉搏，触及我们最深层的情感，使我们隐约感觉尝到了生命的真味。

这样的故事可被称为艺术。任何主题"公式"对于艺术和生命的力量而言都显得空虚渺小，也不存在任何技巧可以保证我们能够表达生命的意义——因为它涉及每个创作者内心的创作根源、思想厚度以及情感深度。你必须要面对自己的内心，并坚定讲出对自己有意义的事情，无论它看起来有多傻、多荒诞离奇、多脱离传统叙事规则。

如果一定要有个主题公式，那大概就是——有一个人决定用一辈子来……

（1）探寻人生意义

远方，似乎存在着无数可能性，在那里仿佛可以见到不一样的人、经历不同的生活，体会生命的意义。于是，怀着对远方的期待，我们的主人公踏上了探寻人生意义的旅途。

但是，远方真的有人生的意义吗？如果有，它是否如同主人公所期待的那样？

答案完全取决于你。而你的任务是，在展现精彩有趣的旅途的同时，保证故事世界的逻辑。即使旅途中真的存在意义，主人公也必须有资格获得它才行。这并非故事的要求而是现实的逻辑，因为生命的意义本来就存在于生活中的任何角落，世界上从来不缺少意义，缺少的是人发现意义的眼睛，以及接受意义的勇气。

终于，你可以让主人公在故事中尽情探索了，不预先设定任何终点，旅途中的每一次相遇主人公都会叩问自己的内心并给出答案。

如果你感觉人物站在旅途的起点却不知道该往哪儿走，试着在故事中涵盖下面的内容，这将丰富你的故事。

● **现实与憧憬**。你必须展示主人公踏上旅途的动机，而驱使人踏上寻找意义的旅途的，往往是对现实的不满以及对未来的憧憬。主人公所生活的环境是怎样的？为什么让主人公不满意？主人公对远方有着怎样的憧憬？如果主人公一开始就对远方抱有极大希望，你应该强调远方对主人公简直是救命稻草般的存在，因为到了后面主人公一定会失望——改变自身境况的救命稻草只能是自己而不是远方。前面的希望多强烈，希望破灭时给观者带来的情感冲击也就有多强。也有相反的情况，人物一开始对旅途并没有太多期待，没想到却踏上了一条改变命运的道路。比如，《末路狂花》中的两位女主人公一开始只是想进行一场逃离生活的周末旅行，却意外杀人，由此开始追求极致的自由，并最终驾车驶向悬崖。

- **生活中的意义之旅**。当我们把旅途看作象征，就会发现生活中也可以存在寻找意义之旅。人物仍然在平时生活的城市生活着，或者前往其他城市（而不是提及"探寻意义"我们总会想到的荒野），但主人公将会看到熟悉的世界的另一面。你可以像村上春树在诸多作品中（如《刺杀骑士团长》《舞！舞！舞！》）所做的那样，让人物从现实世界中钻进"兔子洞"①，从此进入城市中的"冒险世界"。你也可以让人物在自己的生活范围内经历"成长之旅"，主人公将会与平时敬而远之的人发生接触，比如"乖学生"与学校里的"坏孩子"接触，讲究弱肉强食的人认识了一个过分单纯善良的人，等等。你可以让主人公在生活中历经风雨，询问自己到底想要什么。比如《等待》②中的医生孔林，用了18年的时间跟妻子离婚，渴望的"远方"是与情人曼娜结婚收获爱情。然而在他牺牲了家庭责任、曼娜18年的青春，终于与曼娜结婚后，却发现自己又一次怀念起糟糠之妻。这次他新的"远方"变成了等待曼娜因病去世。

- **意外与叩问灵魂**。对任何人而言，漫无目的的旅途固然可

---

① 在刘易斯·卡罗尔所创作的小说《爱丽丝梦游仙境》中，小女孩爱丽丝不慎掉入兔子洞，从而进入神奇国度并经历奇妙冒险。"兔子洞"成为通过一条奇特的隧道而进入神秘世界的隐喻。在故事中，"兔子洞"可以是任何连接两个位置的地方，可以是一扇门、一个衣橱内部的通道、一座桥，甚至可以是一个马桶！

② 《等待》（*Waiting*）是由美籍华裔作家哈金创作的长篇小说。

以发现点滴美景，但我们期待的总是那些帮助我们了解自身灵魂的"偶遇"。故事中，所有的"偶遇"都是创作者预先设定的。找到主人公内心深处的隐秘幻想、阴暗面、弱点、期待，让主人公与"幻想"相遇并发生碰撞——主人公的幻想所在也许只有一部分是意料之中，却有很大一部分是意料之外。这是现实规律，也是旅途的有趣之处，旅途正是因为充满意外才令人心驰神往。但留给主人公的灵魂叩问是：这样的意外真的是我想要的吗？如果意外同时让我得到什么又失去什么，我真的愿意承担损失吗？

旅途即将到达终点，主人公似乎已经触碰到了意义。而这时，我们必须为主人公带来最后的灵魂叩问，为了获得自己梦寐以求的人生意义，主人公究竟能放弃什么？而在放弃了许多之后，向往已久的终极目标，真的有那么"好"吗，抑或只是苦海的另一头？

在《屠夫十字镇》[①]中，年轻的安德鲁斯从大学逃离，追随着荒野的呼唤，与野牛猎杀者米勒等人深入山中，一路上经历了缺水、屠杀野牛、暴风雪等磨炼后，安德鲁斯感觉自己触碰到了人生的意义。但在带着牛皮回到小镇时，却遭遇多重连环打击：湍急的河水卷走了所有牛皮，一位同伴被河水卷走而安德鲁斯放弃了搜救；回到镇上，发现因为市场过热，牛皮生意

①《屠夫十字镇》（*Butcher's Crossing*），是由美国作家约翰·威廉斯创作的长篇小说，讲述了一群年轻人带着寻找美好、摆脱庸俗日常生活的冲动，去旷野探寻世界源头的故事。

一落千丈；而一直被安德鲁斯当作精神偶像的硬汉米勒，竟然一把火烧了无辜的牛皮收购商的库房以及堆在库房外的所有牛皮。至此，安德鲁斯的确在荒野中有了精神收获，但在劳动成果、善良品质、金钱收益均丧失及偶像失格的四重打击下，他竟无动于衷，仍然执着于荒野那说不清道不明的呼唤，令读者不得不怀疑，荒野的呼唤究竟意味着什么？不能让人面对现实的荒野精神意义何在？

旅途的过程虽然有趣，但我们始终对终点处的意义翘首以盼。不过，不要让主人公和我们自己对远方的意义的向往蒙蔽了双眼，试图扭曲人物的必经之路。尽管我们可以给人物自由探索的空间，但我们会发现，人物由于自身的性格特点、优势和局限性，仍然会朝着那个叫作"命运"的终点走去。当人物一步步通过自己的选择（也就是创作者创造的累进发展）走向终点的时候，我们应该继续贯彻主人公的自由精神，哪怕前方是深渊、悬崖、了无意义的生活，甚至是平庸。

（2）生活之味

我们应该过上怎样的一种生活？没有人能说清生活到底是什么，也没人能说得清生活应该怎么过。每当有某种主流的声音试图说服人"只有这样才算把生活过对"的时候，我们总能从其他人身上看到另一种答案。

其实在探索生活之味的主题下，答案从来都不重要，我们也不需要"某种品质导致我们的生活如何"的主题。重要的是我们沉浸在这些故事的时候，体验人物的每一次情感起伏，在人物的喜怒哀乐中感受到来自生活的启发、灵魂的悸动。

除了观察生活、在创作中对自己的感受诚实，并试着展示人与人之间情感的真实性、关系的复杂性以外，没有任何技巧可以确保你捕捉生活之味。不过，考虑以下几点可以提醒我们在探寻生活与生命的主题时不走入歧路。

• **坚持人物身上、故事中触动到你的部分，哪怕它不符合你所知的创作戒律。** 许多创作戒律的功能在于增强戏剧冲突，或是让故事更有逻辑，期待以此抓住观者的心。对于其他主题的故事而言，这些技巧的确有用。但当你真的试图展示生活中触动你的部分之时，运用这些技巧可能会让你觉得故事匠气十足。

• **关注真实情感而避免刻意的戏剧冲突。** 人物的生活从来不是按照戏剧冲突的规则所运行，而是来自情感、责任、需要以及说不清道不明的冲动。刻意的戏剧冲突总是诱惑着经验不多的创作者，把故事驶向"争吵"和爆发，但生活中更多的是无数次的忍耐和沉默。表面上看起来没有冲突，但人物的精神和内心正承受着折磨。比如，在电影《桃姐》中，整个故事讲述了伺候李家四代人的用人桃姐生病康复后，童年受到桃姐宠爱的少爷罗杰把她送入老人院后所发生的生活点滴。罗杰和桃姐之间从未有过争吵、哭闹甚至是直白的情感表达，但桃姐对罗杰的依赖、自豪、不舍等复杂的情绪，都隐藏在看到罗杰的笑意，以及看不到罗杰时的冷淡表情中了。

• **人情味儿。** 刻意的戏剧冲突同样引诱创作者关注人与人之间的敌意。作为中国人我们很熟悉，人与人之间固然存在摩擦，但关键时刻总有人情味儿在。

• **尊重生命**。"美好品质战胜邪恶"或是"战胜弱点获得成功"的主题背后，隐约藏着对什么是美好、弱点、成功、体面的定义，有时这些主题无法展示生命的深厚和复杂。因为它暗示我们展示生命中的"美好"，而生命中不够"美好""体面"的片段仿佛成了必须要藏在台面下的脏污。但生老病死、聚散别离都是生命中的必然，真实而不加批判地展示才是对生命的尊重。

▶▶反转："稻草人"主题

有时我们会看到创作者在故事的前大半部分都引导观者相信一个"假主题"，到了结尾却突然扭转故事走向，颠覆原先主题的同时带来全新的主题。这就像是摆上一个稻草人让观者相信它是个农夫，等我们深入故事的草原中才突然发现，稻草人只是个幌子，而身后那个偷偷扑向我们的人才是真正的主题。

"稻草人"主题往往出现在悬疑、惊悚、心理故事中。比起它探讨什么问题，或是带来什么"实用价值"，"稻草人"主题是一种误导观者，并在最后反转给观者带来惊喜的技术手段。它由明暗两层主题构成。

明（"稻草人"）主题：＿＿＿＿（某种美好品质）可以使我们＿＿＿＿（暗示：战胜邪恶）。

暗（真正威胁）主题：＿＿＿＿（主人公忽视的弱点）将导致不幸或毁灭。

在"明主题"中，我们通常会看到一个由典型的商业元素所主导的故事。

比如《万能钥匙》中的女主人公卡罗琳试图解救疑似被虐待的老人；《记忆碎片》中的莱昂纳多试图对谋杀妻子的凶手进行复仇；《致命ID》中的心理医生试图治疗杀人凶手，通过消灭凶手体内的坏人格来制裁他，保护凶手体内的好人格来实现正义。

你需要误导观者相信，明主题下故事的走向就是"善良终将战胜邪恶"。

因此，在故事的前大半部分，你需要做到以下几点。

• **正当的目标**。主人公有一个被充分合理化的、看似正义的目标，比如复仇、拯救等。

• **类型需要的紧张氛围**。制造有悬念的氛围，主人公不断发现事情的奇怪之处。

• **接近"稻草人"真相**。主人公通过自己的调查行动，以为自己不断接近真相。

• **强调主人公身上的美好品质**。比如主人公坚忍不拔、善良、小心谨慎等，这样的美好品质都会使观者进一步相信这是个"美好品质终将战胜邪恶"的故事。

- **获得战胜邪恶的秘密武器**。在故事的中后部分，主人公将会发现一样战胜邪恶的秘密武器，可以是攻击敌人或是保护自己的工具，也可以是得到关键信息。

- **接近胜利**。主人公与坏蛋发生激烈冲突，就在我们以为主人公获得胜利的时候……

砰！暗主题突然浮现，一切反转！

- **颠覆真相**。我们发现事情并非如此！

之前的铺垫：回看时，我们才注意到被主人公自己和我们都忽视掉的弱点竟然致命！

在《万能钥匙》中，卡罗琳怀疑小屋女主人维奥莱特用巫术诅咒了自己的丈夫，她决定救下这个口不能言的瘫痪老人，并学习了巫术以自保。就在我们以为她的巫术将帮助善良的卡罗琳战胜维奥莱特时，我们发现这个巫术竟然是"移魂巫术"，它必须要施术人亲自施法才能使灵魂互换。而一直以来，都是维奥莱特误导卡罗琳误会"移魂巫术"是"自保巫术"。由此我们发现，正是女主人公的善良、自信导致了她的灵魂被彻底困在老妇人体内，永无解脱之日。

你可以回顾《记忆碎片》，看看克里斯托弗·诺兰如何一步步误导观众相信"一套完美的记忆系统再加上坚持不懈就可以为妻子复仇"的明主题，又如何在故事中铺垫"偏执和内疚导致莱昂纳多无法接受自己杀了妻子，因此不停毁灭无辜者的人生"的暗主题。

多主题发展

在我们进入多主题前，先用最通俗易懂的方式，快速回顾一遍之前的"单主题"。

所谓主题，就是对**主人公的命运**之旅的概括总结。一条旅途自然包括一个**起点**和**终点**。在绝大多数主题中，**起点、终点、几个必经关键点**都是确定好了的。只有在"探索"主题中，你才会从起点开始探索，不过其实终点也早就写在人物的性格中了。

确定主题很容易，你需要花费时间的是**发展主题**。利用**累进**，填补命运的起点和终点之间的巨大空隙，确保人物的每次命运转变都说得通。因此，**主题的发展实际上就是人物命运的发展，也就是故事。**

你可以通过学习其他优秀作品来强化这种认识。在阅读观看的过程中，你应该避免关注单一情节有多么令人惊喜，而是找到主题发展的轨迹，看看为什么某个充满惊喜的场景实际上从主题发展的角度讲是必然的，在之前人物的那些行动、心理细节早早就为后面的命运埋下伏笔。

复习完毕。

但你心中可能已经存在这样的疑问——我们之前所说的主

题，往往都跟主人公的命运有关，那么其他人物的命运，以及主人公身上的多样性我们应该怎样协调呢？

比如，主人公身上的主题是"盲目信任导致重大损失"，而那个欺骗主人公的人身上的主题是"欺骗导致了失败"。

再比如，主人公可以是一个杀人凶手却也是个对儿子极好的父亲，如果说与暴力相关的主题是"暴怒使人毁灭"，那么父爱的部分又是如何呢？当两个主题冲突的时候，我们应该如何协调呢？进一步讲，如果我们想要探讨一个世界观宏大的、复杂的故事，那么单一的主题就无法再覆盖一个故事了，那时候我们应该怎么办？

现在，让我们进入多主题的世界。

▶▶围绕主人公交织的多层次主题

事实上，几乎所有的故事都拥有多层次的主题，也就是多主题的交织。只不过很多创作者习惯将主题看作概括性的、聚焦于主人公身上的一句话，所以很少考虑到主题链条的累进发展，更少追踪到一个故事背后的多主题发展。

当我们考虑多主题的时候，就必须后退一步，将聚焦于单一主题上的视线收回，远观整个故事。这时，我们会发现——**故事的主题是对某个话题的独特答案**。故事所讨论的话题可以来自以下几个方面。

• **故事类型。**犯罪的故事讨论的是犯罪，家庭故事讨论的是家庭。

- **第一主题**。第一主题指我们之前所讨论的主题，它可以轻易地被任何不了解故事的人发现，因为它是主人公命运的因果关系的概括。我们可以轻易地从主题的关键词中找到其背后的话题。比如"善良战胜邪恶"所讨论的话题就是善良和邪恶。

- **人物层次**。人物就像是一个洋葱，最外层是工作、日常生活，往里一层是家庭、朋友等人际交往，再往里我们将深入人物内心。因此，当我们展示人物的不同侧面，实际上也是在展示不同的话题。

- **抽象问题**。究竟什么才是自由？一个人要怎样成为一个成熟的人？

要讨论一个话题，我们可以从聚焦在主人公身上的那个主题得到一个答案。这个答案经过累进式发展，看起来能说得通。不过，只有一个答案的讨论不足以被称为讨论。我们还需要其他的答案，而这来自其他的人物。下面的表8将帮助你找到多层次主题。

表8

人物	话题A的累进发展	话题B的累进发展	话题C的累进发展
人物1	主题A1	主题B1	主题C1
人物2	主题A2	主题B2	主题C2
人物3	主题A3	主题B3	主题C3
人物4	主题A4	主题B4	主题C4

从表中你能看出来，几乎每个人物身上都将呈现自身的主题，并呼应话题。换句话说，我们的目标是**编织出一张主题之网，网罗故事中的所有人物**。

你可能会想，想要围绕主人公去展现一个主题就已经令人烦恼了，现在还要再展示其他的人物以及多主题，这岂不是更复杂、更耗神？这样的任务还是交给那些更有经验的创作者去完成吧。

其实不然。无论数量多少，确定主题、发展主题、多主题协调其实都并不难，因为想要完成这些任务所需要的能力是一样的，即根据常识、知识和阅历来对主题进行累进推演，使人物的变化（也就是故事的推进）变得说得通。

而这么做将会带来一个惊喜：你会发现故事中的其他人物以及"支线"情节，也在探索多层次主题的时候，一并被确立了。而完成这样的练习，你需要投入的时间不超过2个小时（当然，如果你试图写出多个版本，并对比得出最好的版本，你需要更多时间，但这仍然比"传统"的构思方法要省时省力得多）。

下面，让我们假装自己是《神秘河》的创作者，推理出故事的多层次主题，并试着利用多层次主题使故事变得更吸引人也更有深度。

▶▶案例：多层次主题推演

回顾之前已经明确的内容。这是一个冰冷的犯罪故事，主人公戴夫因为童年阴影而不愿意展露真心，这引起了他人对他的不信任。而他所生活的小镇上，发生了凶杀案。少女凯蒂被人杀害，他有重大嫌疑，而凯蒂的父亲正好是他的童年好友吉米。

我们的主题是，不信任导致人生的毁灭。戴夫因为不被妻子、朋友、警察信任，最终被吉米杀死。但是这个故事令人感觉憋屈，也没太多吸引人的地方。

(1) 话题A：犯罪

故事的类型带我们直达第一个话题——犯罪。

既然我们的目标是，编织起一张主题之网，网罗故事中的所有人物，那么，在一个犯罪故事里，所有人都或多或少地卷入了犯罪——不是犯罪的受害者，就是加害者。戴夫之所以被诬陷，是因为那天晚上他很晚回家，衣服上还有血迹。

这时我们面临第一个选择。戴夫在凯蒂的案子上，是百分之百无辜的吗？从戴夫的过往经历中找找答案。他曾经遭受过绑架，而那之后他一直通过封闭情感的方式保护自己，他希望维持正常，维持一个平稳的家庭。不管凯蒂是不是自己童年好友的孩子，杀死一个无辜女孩都跟他维持家庭稳定的最高目标不符。因此戴夫绝对不可能杀死凯蒂。那么，戴夫身上的血迹是谁的？如果血迹的主人还活着，为什么没来找戴夫的麻烦？我们找到了一个隐藏的关键点：戴夫的确杀死了一个人。戴夫之所以隐瞒自己杀人的事实，是因为他的目标是维持家庭稳定。接下来，让我们从戴夫的童年阴影中找到戴夫的杀人动机，这个人一定让他想到了自己童年的无助，因此他十分愤怒——这是一个无人注意的恋童癖累犯。当冲动杀人过后，他将尸体藏起来。

那么，其他人物身上都如何与犯罪发生联系？我们需要一个警察——肖恩，戴夫当年的另一个好友，与吉米共同见证戴夫被人挟持。再来看看**戴夫死亡的直接原因——吉米。**吉米在故事的结尾杀死了戴夫，但一般人可不会想到动用私刑，在警察还没调查清楚的时候就私自处决一个人，尤其这个人还是童年好友。那么，吉米之前一定就参加过犯罪——抢劫。抢劫比杀人要轻，却也涉及暴力。但现在他已经是个好父亲了，金盆洗手了。那么他年轻的时候参加过犯罪。他现在仍然跟当年的同伙萨维奇兄弟有联系，而戴夫的妻子因为不信任戴夫而对吉米告密，认为是丈夫杀死了凯蒂。

我们都知道，在犯罪相关的故事中，总有其他的嫌疑人。你想到了"嫌疑人总是丈夫"①，不过死者凯蒂是个少女，让我们看看他的男朋友——布伦丹。我们现在对布伦丹一无所知。不过，我们还是能利用常识找到蛛丝马迹：如果他清清白白，深受大家喜爱，那他很难受人怀疑。他是第一嫌疑人，身上的疑点一定要足够多才行。**一个少年身上有怎样的特点才会被人怀疑是犯罪嫌疑人？**他的家庭条件不好，不，还不够。他的父亲曾经也参加过犯罪！让我们把人物之间的联系编织得更紧密

---

① "当妻子被杀，凶手总是丈夫"，这是推理小说中的常见"潜规则"，当妻子被杀，第一犯罪嫌疑人总是丈夫。

些，布伦丹的父亲年轻时跟吉米一起参加了犯罪！

再让我们看看案子，找找其他的线索。凯蒂是怎么死的？谋杀。如何谋杀？如果发生过肢体搏斗，那么一定会留下大量法医学痕迹，那想要找到凶手就容易得多了。可我们需要到故事最后才找到真正的凶器，那就是一把枪。

枪作为凶器的优点在于，它可以模糊凶手的特点——凶手可以是男人或女人，老人或小孩，谁知道呢？而这把枪是一把不涉及最近的案子的很老的枪，是某个人留下来的。

目前与案子牵扯的三个人，戴夫不可能枪杀凯蒂，戴夫的妻子没有任何动机，吉米和他的喽啰萨维奇兄弟也没有动机，那么这把枪只有可能来自布伦丹那个作为杀人凶手的爸爸。不过，凶手是布伦丹吗？这就涉及布伦丹的性格以及他跟凯蒂的关系了。我们即将进入另一个话题——家庭。

(2) 话题B：家庭

现在我们知道三个家庭的存在：戴夫的家庭、吉米的家庭、布伦丹的家庭。我们现在已经确定这些家庭与**犯罪有着种种联系**。健康的家庭绝对不会出现犯罪，那么这样的家庭一定是不健康的、不健全的家庭。

戴夫一家的不健康之处在于，戴夫拒绝跟妻子袒露心声，导致夫妻之间的关系并不紧密。他试着委婉地发出求救信号，但是妻子根本读不懂，也不敢读——她担心丈夫是凶手。她只想赶紧逃离丈夫，保全自己和孩子。

而布伦丹一家呢？布伦丹是凯蒂的男朋友，关系很亲密。

说明这个男孩的性格很好，有着不符合年龄的善良和勇气。不过，如果他那个犯罪分子父亲还在家，他能有这样的性格吗？最主要的是，已经金盆洗手的吉米怎么可能让凯蒂跟这个犯罪分子的儿子在一起呢？虽然吉米曾经与布伦丹的父亲一同犯罪，但不会有一个父亲希望自己心爱的女儿和一个犯罪分子的儿子谈恋爱的！所以布伦丹的父亲离开了，留下了充满怨恨的妻子。一个会跟抢劫犯结婚的女人往往来自底层，缺乏挣钱的能力。在布伦丹的父亲离开后，她艰难地维持整个家，心里充满了怨恨。这种对男人的不信任、怨恨一定弥漫在整个家里。布伦丹承受住了，不是因为他天赋异禀，只是因为父亲离开时他逐渐有了判断能力，可以维持自己心中的善良。

既然布伦丹没有杀人，凶器又来自布伦丹家，布伦丹的母亲有杀人动机吗？有，但是不充足。

布伦丹的母亲因为丈夫离开，渴望抓住自己仅有的东西——孩子们。她不希望孩子离开她，像他们那个该死的父亲那样。所以如果凯蒂想跟布伦丹私奔的话肯定会引发恨意。但布伦丹既然知道这点，就一定会尽力隐瞒。所以凶手不会是布伦丹的母亲。

既然布伦丹因为年龄足够而免受怨气的侵扰，但怨气之下总会有个受害者的——布伦丹的家里还有一个小孩。他的存在使得家庭经济状况雪上加霜，还加重了母亲的怨气。他从小就在母亲的怨念中长大。不过，布伦丹很爱他、关心他，那他为什么会杀人呢？

也许他身上还有其他的缺陷 [1]，造成了他的心理问题？他是个哑巴。好吧，一个哑巴小孩，让一个具有身体缺陷的孩子成为凶手？别逗了，不行！那么，真相只有一个——布伦丹的弟弟拿枪玩的时候，不小心擦枪走火了。

在这里，家庭话题和犯罪话题汇聚了，并帮我们确定了凶手和案发现场。

那不健全的家庭这一话题如何影响吉米家？这里我们直接采用影片中的结局，因为这个选择是创作者的选择，我们难以从其他的部分推理出来。

这相当于是"终点"，因此我们可以预先决定，而后再累进推演中间的部分。故事的结局是，吉米动用了私刑，他的老婆安娜贝斯甚至支持了他的恶行。**但我们必须给出一个安娜贝斯支持吉米的恶行可信的原因。**安娜贝斯会支持丈夫的恶行，是因为她不在乎道德，只在乎暴力所带来的权力。她热爱权力，但她自己没有这样的能力，所以依附于丈夫的她渴望督促丈夫成为一个通过暴力来掌控一切的"王者"。

在上面的推演过程中，我们能够看到犯罪的话题和家庭的话题紧密交织在一起。这也正是影片中隐藏的深层次主题：不健康的家庭将导致家庭破碎（可能是别人的，也可能是自己的）。

---

[1] 身体缺陷会造成心理问题在一定程度上属于偏见（刻板印象）的一种。我们在创作的时候应该小心谨慎，避免强化"身体缺陷 = 犯罪"的偏见。即使身体缺陷者犯罪，也应该展示充分的环境因素——是环境迫使这个人犯罪的。

除此以外，影片中还包括两个更小一点的话题。这部分我们不再进行推演，而是根据影片来看它们如何在不同人物身上呼应。

（3）话题C：当一个男人意味着什么

这个话题只覆盖了戴夫、吉米和布伦丹。

戴夫曾对儿子说："一个男人有时不是一个男人，只是一个男孩，一个逃离了狼群的男孩。"

戴夫一直以来都在假扮成一个合格的男人。而吉米看起来是个合格的男人，但是他在盛怒之下，不顾警察还没有给出调查结果的事实，竟然动用私刑处置了戴夫。布伦丹还算不上"男人"，因为他只是个孩子，但他试着对弟弟充满关爱，也试着对凯蒂负责，甚至愿意跟凯蒂私奔。

影片给出了三个答案，但三个"答案"都并不完美，反而充满了缺失。这在我们心中留下了疑问，究竟拥有什么样品格的男人，才能称得上是一个男人？

（4）话题D：隐藏

比起作为一个单独的话题，这更像是埋在犯罪和家庭两个话题之下的线索。

戴夫一开始试图隐藏恋童癖的尸体、隐藏杀死恋童癖的事实，与后面吉米杀死戴夫并抛尸河中形成呼应。

"隐藏"的线索同样出现在影片中其他人身上。布伦丹弟弟和朋友玩枪走火，导致凯蒂受伤后，凯蒂逃走，但他们为了隐藏自己犯罪的事实，进一步攻击了凯蒂，造成致命伤。吉米以前还杀死了布伦丹的父亲（因为他告密导致吉米入狱）并抛尸河中；布伦丹藏起了父亲当年的手枪；吉米的妻子帮忙隐瞒吉米杀人的事实；戴夫隐藏自己的真实想法等。

现在，让我们试着把上面推演出的主题放入多层次主题表格（如表9）中。

表9

	犯罪	不健全的家庭	男人意味着什么
戴夫一家	隐瞒导致误会，误会导致被犯罪毁灭	缺乏沟通，只有隐瞒	戴夫：假装自己是男人，但心里一直是那个受伤的孩子
吉米一家	愤怒导致犯罪	支持暴力导致暴力继续滋长	吉米：试图通过暴力来"保护"自己的家庭，通过暴力来获取权力
布伦丹一家	无意间犯罪，但心态扭曲使他们在开枪走火后为了防止被抓而进一步攻击造成致命伤	家庭中的怨气导致布伦丹的弟弟心理扭曲	布伦丹：想要当个负责的、成熟的、善良的人，但是他没能保护自己爱的所有人——凯蒂和弟弟

多层次的主题并不难找。

你只需要记住两个关键点：**找到关联之处，关联扩散。**

人物之间总是存在种种关联：一个案子的受害者和加害者；同一性别、种族、年龄；相似的兴趣爱好、经历；都有家庭；都有孩子……而当你找到关联之后，归纳出其背后的话题，再使人物之间给出不同的答案（主题）即可。

在这之后，请试着将类似的关联扩散到其他人物身上，使其他人物身上也开始与话题存在某种关联。

于是，你拥有了一张主题之网。人物的存在，每一次互动、行为都相互映照，互相对话。

同时，你的故事也在多主题的累进发展中，变得更完整了。

第四章

人物

现在，你大概已经逐渐体会到主题即人物，即故事。

你还没有开始写正文，即便如此你的创作过程也已经过了1/5，因为你已经保证了故事、人物、背景的逻辑统一。

接下来你需要做的是不断在框架上完善，使它变成故事。

先来检查一下，现在你手里都有什么，以及它们应该达到哪些标准。

√**创作目标**。你为了什么而写故事？你想写怎样的一个故事？

√**观者群体**。你知道你要写给哪个观者群体；知道观者群体期待的元素，明白其他作品如何实现这些元素，你大概明白你将如何满足观者期待。

√**修改过的概念工作板**。基于满足观者期待，你设定了大概的人物特点，设定了主题（起点和终点），以及粗略的世界背景。

√**故事创意板**。你有一个包含图片、视频、音频、随意写上的东西、诗、新闻、小说节选等，任何能够帮助你走近故事的创意板（或者是一个文件夹），它能让你感受到故事的氛围和气息。

√**故事有潜力**。你所构思的内容让你感觉它能够变成故事，你已经想到了好几个不错的场面，甚至感觉故事的画卷已经在你面前铺开。

✓**主题**。你明确了主题，找到了人物命运的起点和终点。你知道你的主题属于哪种类型，大概明白这种主题将对应什么样的故事（在第五章中我们将进一步了解如何设定虚构世界）。你明白了人物将会踏上一场怎样的旅行。

　　✓**戏剧情境**。你的故事拥有了一个"最初的戏剧情境"（也被称作前提）——一个威胁到主人公的、看上去难以应对，同时刺激主人公必须行动的场景。

　　✓**主题的累进推演（故事推演）**。你将主题的主要发展过程完全推演出来了，你感觉中间的逻辑很通顺。你拥有了故事的主要情节点，在这些情节点中主人公的生活、情感、人际关系、命运都发生了转折。

　　现在，请先离开你的座位，干点别的事，但不要阅读或观看其他的故事。

　　给自己一到两天的时间，在脑海中回顾之前构思过的内容。你可能会感觉之前的内容没有任何问题，那么你可以继续前进。但你很有可能会感觉哪里不太对劲，大脑就像是缺乏润滑的齿轮，难以转动；每当你试图接近这个故事，你感觉它正排斥着你。

　　这种情况意味着上面的项目中，出现了一些不一致。回到上面的"检查清单"中，这一次慢一点，用直觉感受：问题是出在这里吗？

　　当你再次修改上面的项目，使它们看起来协调后，你可能还是感觉哪里不太对劲——人物都像是命运的奴隶，你能理解人物的行动逻辑，但是你感受不到人物身上的生命力。你心里甚至抗拒为这些毫无生命力的家伙们写故事。

大胆地把心中的质疑说出来吧，因为如果你把上面的内容呈现给观者，观者也会提出同样的质疑。

我知道人物的命运很波折，故事线很有逻辑，但我凭什么关心这家伙的命运？

人物的吸引力

▶▶独特的人物

也许你曾经经历过这样的阶段：你想写一个故事，但你还不清楚写什么。即使你已经听说过前面所说的"累进式"主题发展，却觉得这种方法太僵化了，没给灵感迸发的空间。

在你的想象中，创作应该在长久的苦思冥想和片刻的灵感迸发之间循环，推演故事听起来过于机械。不过，激起创作火花的灵感还没到来，因此你决定回顾自己看过的故事，再一次沉迷在那些人物的魅力中。不自觉地，你决定把你喜爱的人物身上的特点融合。

你制作出一份人物设定清单。人设通常由一系列关键词组成，比如"毒舌、高冷、傲娇"，或是"呆萌、待人真诚"，抑或是"豪爽、仗义、武力值超高"。你随意地写下其他的人物属性诸如性别、年龄、生活环境、社会关系等，因为这些在你看来对故事没那么重要。

你期待着这份"人设"可以带来一个有趣的故事。但你苦思冥想、耐心等待，人物却从未自己创造出一个令你惊喜的新鲜故事，反倒屡屡在已经存在的故事情节中徘徊。

复制成功作品的人设等于复制成功作品的成功。你一定能看出这一想法背后的问题，因为对于成功作品而言，人物设定只占其成功的很小一部分；其成功主要在于利用成熟的创作技术，构思了一个独特的故事，同时以此满足了观者的需求和期待。

或许你还心存侥幸，觉得"人设总跟作品成功有那么一丝关系吧，坚持看看总会有结果的"。但最后总会失败。

不过，想要通过一份人设来写出好故事并非不可能。首先，你需要在人设的基础上进行发散，探索人设可以给出什么样的故事。

• 从人设中提炼出人物的某种性格特点，并明确这种性格特点为人物的生活带来了怎样的影响。影响可能是积极的，也有可能使人物吃下苦果。比如，一个豪爽的人总是广交好友，却信错了人，为自己的人生带来重大打击（这暗示了主题：因为_____特点导致_____）。

• 从人设中找到能力，想想这种能力能使人物解决什么问题，再看看能力中存在什么潜在问题。一部分人设指向人物能力，比如"能迅速找到问题的关键""通过直觉能知道谁在说谎"等。试着为这个能力找到最合适的发挥空间。比如，通过直觉就能知道谁在说谎的人物适合进行推理。但是"直觉"也容易出错，因为影响直觉准确度的因素很多。所以我们的人物必须在多次尝试中学会控制自己的能力（这暗示了故事情节具有哪些元素：推理、超能力、"金手指"、职场升级、人际交往等）。

• 从人设中提炼出人物之间的互动方式，并明确这种互动方式在特定人物间会碰撞出什么火花。有一类人设关键词指向人物间的互动方式，比如"毒舌"等。比起这种特点对人物的生活造成什么影响，观者更期待看到人物与他人发生碰撞，以及在碰撞中走向对方内心的过程（这暗示了人物之间的关系可能如何发展，以及对观者有怎样的吸引力）。

• 明确不同人设所暗示的故事类型。人设背后往往暗示着人物年龄和故事类型，比如"毒舌"听起来更适合30岁以下的偶像剧中的主人公，或是青少年；"刀子嘴豆腐心"则会让人感觉是个家庭故事中的40多岁的人。"毒舌而严苛"则会让人想到职场故事等。

• 人物以这样的"特点"生活，是因为人物身边的人对这种特点有什么反应？人物身边的人对于主人公的特点的反应是支持、容忍、讨厌、嫉妒？这是否给生活带来麻烦或是帮助？这个麻烦能否发展成最初的戏剧情境？

还记得"主题—人物—虚构世界背景"的故事决定性三元素表格吗？现在你又可以把根据人设所构思的内容填进去了（如表10）。接下来的东西，你都熟悉了，故事的累进式推演。

表10

人物设定所暗示的人物生活	人物设定（关键词）____、____、____。	人物身边的人如何对待具有这样特点的人物
生活从何而来，可能往何处去？（主题）	✓人物设定背后隐藏的有趣的人物关系 ✓人物设定所暗示的故事类型	人物如何利用自己的特点（人设）获得自己想要的东西？或是如何因为自己的特点而没能获得想要的东西

你需要判断

✓人设背后的特点真的给人物的生活造成决定性影响了吗？换句话说，它影响人物的命运了吗

✓人设真的给人物的人际交往造成决定性影响了吗

✓这是否是"能力型"人设？它给人物解决问题、完成任务的能力了吗

✓或者，这个人设只是让人物看起来很有意思

如果你发现自己的人设难以发展成一个故事，这往往是因为你的人设只是让人物"看起来很有意思"，却没有驱动故事的能力。

比如说，英剧《神探夏洛克》中的福尔摩斯总是瞧不起别人的智商，而后又用自己高超的破案能力证明自己。也许你会被他的高傲自负所吸引，但高傲自负并非解决问题的能力，他的能力、生活、性格都来自"具有广博知识和超强推理能力"这一人设。

因此，如果你的人设只是让人物看起来有意思，最好不要抓住人设的肩膀疯狂逼它变成故事——它真的无能为力。

问：但如果我的故事推演告诉我，某个人设并不适合放在这个故事里，但是我就是想用这个人设怎么办？因为这个特点实在太有魅力了，我相信观者一定会感受到魅力！

答：故事推演所告诉你的往往是与故事有决定性联系的性格特点，也就是说这些特点造成了故事。你喜爱的"特点"也许不适合作为人物的核心特点，但可以作为点缀为故事增加娱乐性。比如钢铁侠托尼·史塔克对自己的智商和知识扬扬得意，时不时会说出一般人听不懂的名词，这的确会让一部分观众喜爱。但真正决定他命运的是他的技术能力和冒险精神。点缀性的性格特点并不会对故事情节造成重大影响（比如钢铁侠不会因为炫耀知识而导致反派进攻），但仍然可以造成较小的情节波动，比如因为能言善辩而获得新线索，或是因为毒舌而造成队员离去等。但你必须谨慎把握情节波动的程度，如果人物屡次因为某些性格特点带来重大情节波动，这就意味着这种性格特点与主题和故事有更强的相关性，你需要审视主题和故事是否与这个特点（人设）协调——这就意味着故事的大调整。坚持人设还是故事，你必须做出抉择，两手都想抓只会让故事陷入混乱。

不过，"独特人设"所造成的种种困惑消失，故事的创作却又一次回到累进式发展故事所带来的问题上——我们凭什么关心人物的命运？

▶▶ 关心人物命运的原因

我们为什么会关心一个人的命运？

你可能会给出很多答案：这个人令人喜欢、主动、有着清晰明确的问题和目标、主动解决问题……但是转念一想，你又能给出许多反例。有时候人物十分讨厌，但我们同样希望人物能胜利；有时候我们不认同人物的目标，甚至不希望人物实现目标，但我们心里并没有那么讨厌这家伙；有时候人物只是被动解决问题，但我们不停地在心里为人物鼓劲儿……

驱使我们关心人物命运的是两种情感。①共情。我们在人物身上看到了与我们过往经历相似的地方，并以此联想到自己曾经的快乐、痛苦、彷徨、失落的情感，也因此对人物感到亲近，不再觉得人物是故事里的傀儡，而觉得人物有了真实感。②好奇。看到人物现在的状态，会好奇人物过去经历了什么，或是好奇人物做出某件事是因为什么，也好奇人物之后的命运。

想要引起观者的共情和好奇，你需要提供两个关键信息：①这个人现在过着怎样的生活？②达到现在的状态，这个人都经历了什么？

当你用"画面"呈现人物当下的状态时，画面往往会激起我们心中的情绪。

人物无论是成功、扬扬得意、拥有幸福生活，还是绝望、抱怨，甚至是暴虐、不停地折磨着别人，都能激起我们或羡慕，或同情，或关心，或厌恶，或憎恨的情感。

如果我们因此喜欢这个人物，就会希望看到这个人走向幸福；如果因此憎恶人物，就会希望人物如我们心里诅咒的那样，跌落命运的深渊。

而当我们深入人物的过往经历中去时，会发现人物走到现在这一步曾付出过、牺牲过、痛苦过，这就会激起我们心中更复杂的情绪。

比如，你在医院看到一个人插队并与他人发生争吵，但转头又看到这个人因为母亲的重病而急躁不安，你甚至在超市看到这个人抱怨一包方便面3元太贵，却给母亲买了她想吃的糕点。你的感受从一开始的不屑到惊讶，再变成后面的同情。这些感受混杂在一起，让你回忆着你看到的种种画面，也在心里期待这个人的母亲能够痊愈。

于是，你开始关心一个只见过几次，甚至从未交谈过的陌生人的命运。

问：你说的这些都建立在"了解"之上，但是观者一开始还没有了解人物的过往经历，充其量只能了解他现在的生活，那又凭什么关心人物的命运？

答：你把故事创作和现实搞混了。在现实生活中，你所接触的绝大多数人都只是习惯展现出"社交面孔"，那副人们希望别人看到的样子。只有当你与一个人变得更加亲密的时候，你才能从对方在不同状态中的行动、反应，或是对方主动袒露的心声中更加了解这个人。你必须经过很长的时间才能逐渐了解一个人的过往经历。

而当观者开始欣赏故事的第一个序列或章节时，尽管观者对人物还不甚了解，但作为创作者的你已经知晓人物的过去、现在还有未来。你知晓人物的命运从何处开始又去往何处，也了解人物命运之旅中的喜怒哀乐。因此你可以将人物的过去、现在和未来交织在同一段文字中。

使人物的过去、现在和未来交织在一起的方法是让人物踏上满足期待之旅，或是把人物从满足期待之旅上拉下来。

如果让人物踏上满足期待之旅，这往往令观者感到振奋。比如，《阳光小美女》中的奥丽芙终于踏上前往选美比赛的旅途；《百万美元宝贝》中的麦琪努力赢得弗兰基的关注，以求踏上职业拳击手的道路；《我不是药神》中的程勇开始通过卖仿制药挣钱。

人物之所以会期待某件事是因为这件事会给现在的生活带来变化，也因为这会满足被压抑已久的需求、实现埋葬在过去的渴望。每个人在年轻时都对世界充满了幻想和渴望，但是随着年龄的增长绝大多数人不得不放弃幻想。但过去的幻想并非真的消失了，而是藏在内心深处，每当对"现在"不满意的时候，它都会冒出头来轻轻在人们耳边说："你一定已经受不了现在的生活了，那就做出一些改变吧。"于是，人物开始自己的期待之旅。

如果把人物从满足期待之旅上拉下来，就意味着人物原本十分期待的事突然发生变数——朝着令人意外的、不尽如人意的方向发展。

比如，在《革命之路》[①]的第一章中，女主人公爱普莉·惠勒即将迎来社区业余戏剧社的演出日。

作者很快就介绍29岁的她曾是戏剧学院的学生，现在已经是两个孩子的母亲，早就远离戏剧。

那群中产阶级的剧团成员们向往着戏剧艺术所带来的激情，全身心投入着，仿佛戏剧将为他们的生活镀上一层不一样的光芒。

这时我们就会明白，故事中的人物都被困在了中产阶级的生活中——尽管各自都有着稳定的工作和家庭，嘴上用艺术、对他人虚伪的赞美和关心包装着体面，但心里十分空虚。

然而，这场演出发生了变故，原先的男主角生病，只能由导演顶上。但导演只是嘴上厉害，演起来却漏洞百出，让本就紧张的业余演员们更加发挥不出来。

爱普莉作为曾经的"专业演员"顶着压力继续演下去，却无力拯救这场失败的演出。

于是，爱普莉从灯光下的女神变成小丑，观众的期待变成不敢说出口的失望，尴尬弥漫在空气中。

---

① 《革命之路》(*Revolutionary Road*)是由美国作家理查德·耶茨创作的小说。后被改编为同名电影，于2008年上映，是由萨姆·门德斯导演，贾斯汀·海瑟参与编剧，凯特·温斯莱特和莱昂纳多·迪卡普里奥主演的婚姻爱情类剧情片。

而捧着书本的我们会感受到，埋葬在过去的青春、激情、希望，现在的妥协和平庸都压在爱普莉心里，并在她痛苦的内心中孕育着一场逃离。

试着关注不同作品的第一章或是前十分钟，看看其他创作者如何将过去、现在和未来凝结在一起，引起你对人物命运的关心。

你不需要用太多剧作术语来解释故事，而应该体会自己对人物的情感经历了怎样的变化，作者写了什么让你发生了情感变化——人物动作？神态？心理描写？光线？景物？

而后再想想，如果是你来写的话会怎样写，与其他作者的区别（或者说差距）在哪里。

现在，试着写下故事的前十分钟。这相当于小说的第一章，标准好莱坞格式剧本的前十页。

忘掉"我该怎么写开场"这个疑问。别管什么"冷开场、热开场""是不是该从人物的日常生活开始介绍""主人公的动机、目标是什么"，也别管呈现主题、冲突、悬念、节奏之类的剧作问题。

现在，你的目标不是写出一个好开场，而是回答以下问题。

一个全然陌生的人物，还有十分钟，生活中的一切就会突然发生翻天覆地的变化（可能是福，可能是祸），而人物对此一无所知。

你准备如何让观者在这十分钟内，从漠不关心到好奇、关心人物过去、现在、未来的所有事？

从哪里开始写都没关系，无论是本该出现在"背景故事"

里的童年回忆、你计划好出现在故事中后段的"重要事件"，还是人物的日常生活，抑或是主人公必须突然面对的挑战。

如果你实在没有灵感，可以试试下面的方法。

• **从最低点开始写起**。现在，主人公精疲力竭，如同丧家之犬，命运危在旦夕。接下来，让我们回到一个月前，此时主人公还过着算得上正常甚至幸福的生活。那么，这中间发生了什么？（一个小技巧：这个看起来是最低点的时刻实际上还不算什么，主人公在故事后段还会面临更难的挑战。这会让观者感到惊喜。）

• **突然的决定**。在平淡无趣的生活中，人物突然做出那个梦想已久的决定！比如离开这座城市或购买一辆汽车。

• **变故**。生活本应该按照计划进行，可突然出现了变故。凶杀案，争吵，灾难，被辞退，疾病。

• **一件让人崩溃的小事**。生活中的崩溃并不总是来自大起大落，有时一件小事足以唤醒过去堆积的所有抱怨、妥协、痛苦，使它在心中激起一层又一层的浪花，最终使人崩溃——而人越是因为小事崩溃，观者就越会猜测在这背后藏着怎样的过去。

• **临死前的十分钟**。十分钟后主人公就要面临死亡了，在这最后的十分钟里，主人公在哪儿？跟谁在一起？在干什么？

• **葬礼悼词**。假设主人公已经去世了，你有十分钟的时间给主人公的朋友、亲人甚至是仇人发表悼词，让一个陌生人对主人公的死感到惋惜、愤怒、愉悦或是任何你愿意令其感受的情感。

记住，情感，情感，还是情感。用变化激起人物的情感，回想自己类似的情感体验并放大它，并期待我们也能在观者心中引发类似的情感。

▶▶外在形象描写

我们可以用一整个章节、场景或是戏剧情境所带来的改变感受人物复杂的情感。而一段外在形象描写同样可以做到这点。

外在形象描写的基本功能是让我们看到人物的时候，通过人物的外貌、步态、气质看出性格特点、社会地位、工作等基本属性。但我们可以做到更多——下面的文学手法和写作技巧可以让你将人物的过去、现在和未来凝结在一段话中。

● **对外在形象的描写精准。**展示人物基本信息，如年龄、社会地位、经济状况、精神状况等。在一些文学作品中，你可以用更长的段落来介绍人物。在通俗小说中，你应该简洁、直接，比如使用一些简单的（而不是晦涩难懂的）修辞手法来加深人物形象，或是借用"告知"的形容词（比如，他看上去流里流气）来对其性格特点进行介绍。

● **激发观者情绪。**喜爱、讨厌、惋惜、无奈、鄙夷……你在观者心中所激起的情绪应该是复杂的、多样的。如果你只是极力描写这个人多漂亮、多帅，你很难打动更多人的内心。因为每个人的审美都有所不同，而情感的力量能打动更多人。

• **彰显人物性格**。人物的优点、缺点、弱点都是什么？性格决定命运。人物如何展示自己的外在形象、是否在意别人如何看待自己？比如，一个人如果总是对自己身上的缺点遮遮掩掩，那么在生活中也会延续遮掩问题的缺点，最终可能会酿成大祸。你可能会争论，现实生活不一定是这样的，但在故事的世界中，观者总是倾向于在看似毫不相关的事情上建立联系并进行解读。利用这一点吧，将外貌和性格特征联系起来。

• **展示现在的情况**。人物现在成功还是失败？对什么正扬扬得意？试图通过外表来展现自己的哪一面？你还可以利用人物谈论的话题、住所、生活条件等来展示现在的情况。

• **引发观者对过去的猜测**。找到"不协调"的地方，无论人物再怎么努力遮掩自己的过去，你还是可以让过去透露出来。身材、衣着、样貌、步态，说话时的神色、态度、用词，都能让观者对这个人过去过得怎么样有个大概的感受。

• **暗示未来**。时代背景能为我们提供虚构世界的信息，而这可以让我们感受到世界对人物可能是"善意"的还是"恶意"的。人际关系和人物的性格特点则往往会暗示人物未来的命运——因为人物过去就是由于这样的性格特点走到了现在，如果不发生改变，现在即未来。而如果我们从人物身上只能看到平淡、单纯的过去，那观者一定会期待未来的考验。

• **增添色彩、光影**。色彩和光影本身就会为观者带来情绪波动。红色令人振奋，或是暗示着愤怒；灰暗则令人联想到不幸；阴影令人联想到内心的阴暗面或笼罩着未来的不幸；明亮的阳光再加上多彩的颜色会让人想到夏天和快乐……

• **加入动物。**动物的性情、运动都难以预测，当它突然闯入观者的视线，即使它的出现本来并无意义，也会令观者思考其背后的象征意义。比如，一只在婚礼上不停围着美丽的新娘盘旋的乌鸦。

让我们来看些例子。

在鲁迅创作的短篇小说《孔乙己》中，当孔乙己初次登场时，作者寥寥几笔，从身材、衣服，以及脸色、皱纹、胡子入手，用简单直白的语言勾勒出孔乙己落魄的样子。

鲁迅着重强调了"孔乙己是站着喝酒而穿长衫的唯一的人"，前面已经铺垫一般穿长衫的人都会去里面坐着喝酒，外面都是些苦力。这样的不协调之处将会引起读者的好奇——他为什么会这样？而好奇就是关心的第一步。

> 孔乙己是站着喝酒而穿长衫的唯一的人。他身材很高大；青白脸色，皱纹间时常夹些伤痕；一部乱蓬蓬的花白的胡子。穿的虽然是长衫，可是又脏又破，似乎十多年没有补，也没有洗。他对人说话，总是满口之乎者也，教人半懂不懂的。

在老舍创作的长篇小说《骆驼祥子》中，作者先是较为客观地描写了祥子的外貌：高大、健壮。而后写祥子如何努力凸显自己的外貌，给自己鼓劲儿成为"最出色的车夫"——这是一个对未来充满希望、愿意努力赢得自己想要的生活的年轻人。但生活在乱世且无权无势，我们能够看到命运的摧残即将降临在他头上。

> 他的身量与筋肉都发展到年岁前边去；二十来的岁，他已经很大很高，虽然肢体还没被年月铸成一定的格局，可是已经像个成人了——一个脸上身上都带出天真淘气的样子的大人。看着那高等的车夫，他计划着怎样杀进他的腰去①，好更显出他的铁扇面似的胸，与直硬的背；扭头看看自己的肩，多么宽，多么威严！杀好了腰，再穿上肥腿的白裤，裤脚用鸡肠子带儿系住，露出那对"出号"的大脚！
>
> 是的，他无疑的可以成为最出色的车夫；傻子似的笑了。

再来看看下面的例子。

> 王文武正发表着高谈阔论，讲述自己如何通过炒股实现财务自由。讲到激情时总是挥动那只过于肥胖的手臂，连带着头上的几根毛都一同抖动起来。
>
> 他时不时瞥向马兰，看马兰没在看他，就越发大声，手也更使劲儿地挥起来。房间里飞进来一只苍蝇，没人注意，它兀自盘旋着。王文武白衬衣的扣子快崩不住了，挥

---

① 杀进他的腰去：把腰勒紧，显得细些。

手的时候还能看见腋下的汗已经浸湿衬衣，散发出难闻的气味，与空气中的尴尬一同扩散。

王文武突然不自觉地停下——马兰在看他，所有人都在看他。他正想继续自己的演说，却发现所有人的视线都看着他的头顶，眼神中带着玩味、讥讽、震惊和厌恶。

一只硕大的苍蝇落在王文武毛发稀疏的头皮上，在他刻意染黄的头发的对比下，显得格外醒目。

由于你的故事由文字呈现，你还可以利用下面的技法，使文字更有画面感。

- 使一切描写都是看得见的（而不是抽象的形容）。
- 长短句结合。
- "景别"。
- "镜头运动"。

无论你写的是否为影视剧本，你都可以借用影视剧中的"镜头语言"。比如景别：远景、全景、中景、近景、特写等；或是镜头的运动，如逐渐接近（推镜）、逐渐远离（拉镜）、挪转视线（摇镜）、连续描写一个人的运动及运动轨迹（跟镜），以及描绘主人公视角下所看到的一切（主观镜头、移镜）等技法。

运用"镜头语言"将会让你的故事更加直观、画面更丰富，同时还将帮助你控制画面的节奏感。这是因为，当你运用"镜头语言"写作时，你的大脑将会不自觉地切换到"观影模式"——感受画面、捕捉画面，而不是艰难地从脑海中挤出文字。

让我们看看《圣殿》中的人物描写段落。在福克纳笔下，每一个分句都是一个或几个画面，其中不仅包括了景别、镜头运动，还包括丰富的"灯光效果"和色彩。福克纳充分践行了"展示，不要告知"的原则，他只有一次用了概括性的形容"满怀愤怒和优越感"。而其他时候，他所用的语言都是看得见的。

你从这些画面中能够感受到女主人公谭波尔是个美丽性感、行事潇洒的女孩，并由此受到小青年们的瞩目。但是，人们一直在注意她的短裤和修长的腿，你能感受到这种凝视中的侵略意味——如果有机会，故事世界中的男人一定会狠狠蹂躏她。你能看出来，谭波尔以前没经受过什么磨难，所以现在才肆意发散着魅力；你也能看出来，谭波尔的命运即将迎来转变。

> 晚饭后出来开车兜风穿过校园的城里人、只顾想心事而对周围事物视而不见的大学教员、正赶着去图书馆攻读硕士学位的研究生都可能在某个晚上见到谭波尔。她一臂夹着匆忙中抓到的一件外套，修长的腿因奔跑而呈金黄色，是个在所谓"鸡舍"的女生宿舍亮着灯的窗户前快步如飞的侧影，消失在图书馆墙边黑暗里的身影，而人们最后的惊鸿一瞥也许是她跳进等候在那儿的马达尚未熄火的汽车并迅速转身坐下时所露出的短衬裤之类的东西。那些汽车是城里的小青年的。大学里的学生不可以有汽车，而男生们——不戴帽子，穿着膝盖下扎紧的灯笼裤和色彩鲜艳的圆领毛衣——满怀愤

怒和优越感蔑视那些城里的小青年，他们把帽子紧紧地扣在搽了发蜡的脑袋上，上衣有点过紧，裤管却有点过大。

你心里可能有个疑问——可是，你说的这些都并不是单纯的外在形象描写啊。

没错，外在形象描写从不孤立存在。它总是存在于行动、人物想法等诸多故事元素之间。这是因为——**外在形象描写就跟故事中出现的任何一个字一样，不是作为孤立的元素存在，而是在与其他元素的相互协调、呼应、对比中承载着戏剧功能。**

因此，当你在构思外在形象描写的时候，不仅是为了写外在形象，你也应该同时思考外在形象描写如何结合对话、动作、景物描写等故事元素，实现彰显人物性格、暗示人物命运、激发观者情绪、呼应主题，甚至是增加悬念，或是在推理故事中带来线索等功能。这或许不能使故事情节更加波澜起伏，但可以让你的作品更加丰富也更有深度——观者将不仅享受到故事的乐趣，还能享受到文学的妙味。

不过，通过外在形象、景物描写来体现人物命运不如人物行动和心理描写那样直接，并需要观者具有一定的鉴赏能力，因此你应该主要通过戏剧冲突的手法来让观者看到、感受到你想说明的一切，而不应该只铺设细微的线索，却指责观者没能解读你精心隐藏的细节。

深入人物内心世界

接下来，我们将深入人物的内心世界。也许你向来对人物的内心世界感到好奇，你总是想知道一个人在想什么、为什么做出某些事，你读了不少心理学的书，却感觉心理学的内容难以转化为故事情节。也许你对人物的内心世界并不感兴趣，但了解人物的内心世界将会帮助你创作出更真实、动人、有深度的故事，因为它将回答故事创作中的诸多谜题。

- 在人物命运的累进链条中，人物的内心世界如何影响人物造成改变？

- 累进链条是充满逻辑的，但是生活中许多人做出的选择令人吃惊，看起来没有逻辑。累进链条如何解释其中的问题？

- 累进链条太讲究逻辑了，非常打压创作欲望，我感受不到人物的情感怎么办？

- 人物的心理如何变化？

- 我该如何确定人物的"初心"？

- 我该为人物选择怎样的行为模式？人物如何面对困难？

▶▶内心世界与行动

当我们在前几章中强调主题、故事、人物的累进发展链条可以帮助我们明确故事走向时，你可能心里就已经存在一个疑问：故事的累进发展看起来说得通，但是它更像是剧情的概括，但看不到人物自己如何一步一步走向终点。

再次拿出你的主题、故事、人物累进发展链条，找到人物命运的开端。包法利夫人命运的开端是她被书中的浪漫故事吸引，幻想自己可以获得奢华生活和浪漫爱情；《百万美元宝贝》中麦琪的命运开端是她想成为一名拳击手；《屠夫十字镇》中安德鲁斯的命运开端是他希望前往群山中找到生命的真谛；《骆驼祥子》中祥子的命运开端是渴望在乱世中拥有一辆属于自己的人力车，自力更生成为上等车夫。

从人物的角度讲，故事并不是从什么冲突、戏剧情境开始，而是从人物在心里对着命运大喊**"我想要……"**的那一刻开始的。

正是因为不顾一切的、控制不住自己的想要，人物才会踏上命运的旅途。

问：如果人物如此渴求某件事发生，如果人物最终获得了自己想要的东西还能理解，但如果命运的结局是糟糕的，人物为什么会一步一步走向注定毁灭的命运呢？人难道不都会趋利避害吗？

答：这分为两种情况。第一种情况是，尽管最终走向某种毁灭，但在毁灭的那一刻，你问人物后不后悔，人物会告诉你："尽管这不是我一开始想要的，但是我不后悔。"第二种情况则是人物悔不当初。

我想，你有疑问的是第二种情况。问题的关键在于，人物强烈地想实现某个目标，但不代表人物有实现目标的能力，也不代表人物的目标一定会给人物带来满意的结果。人物之所以对着某个目标高喊"我想要"，只是因为人物过于相信只要实现目标，就能实现人生理想，获得愉悦、幸福。尽管这个目标在别人眼里，可能显而易见地会带来糟糕的结果。

那么，如果显而易见会有糟糕的结果，为什么人物还会对某件事保持坚定不移的信念呢？

让我们来看看想法被强化或是削弱的过程，以及一个"错误"的想法如何被强化成不容置疑的信念。

假设你有一个想法"太阳每天早晨都会升起，晚上都会落下"。如果太阳每天都的确升起了，你的想法得到了明确的肯定反馈就会被强化变成一个信念；如果太阳有时候会升起，有时候不会升起，你得到明确的否定反馈，你也会明白"太阳不一定每天都会升起"。

然而，当这个判断涉及人，你所获得的反馈几乎总会变得不明确。假设你认为"只要真心付出就一定能够获得真心回馈"，那么以下情况都有可能让你相信自己获得了肯定的反馈，但实际上只是不明确的反馈：对方为了利益而与你维护关系，并时不时回馈给你小恩小惠；对方认为你还不够真心，因此你不停朝着"更真心"的方向前进；你因为付出真心，的确收获了几次真心反馈；你和许多人的真心交往只存在于吃喝玩乐的层面上，还没有涉及利益。当然，有可能你也明白这有一定风险，但你感觉这么做很不错。

反馈没有一个确定的"是"或"不是"的时候，那些喜欢看到半满的水杯①的人总会看到其中的希望而不是风险，哪怕是一两次获得明确的否定反馈，心里也会觉得是特例。更何况，有些信念让人感觉棒极了，只要想起它就会精神振奋、充满力量，还会觉得自己是个好人或是有着光明的未来。于是，人会一直持有某个信念，直到因此遭遇重大打击，而那时可能已经晚了。

爱玛·包法利从少女时期通过阅读接触了那个浪漫且奢华的世界。她美丽、优雅，一定从小就受到不少宠爱，也不需要为柴米油盐操心。自从夏尔娶了她，又因为偶然的机会带爱玛参加侯爵的宴会，这一切都让渴望奢华生活的她相信"这样的生活并非遥不可及，努努力我也可以接近它"。于是，她从自己的小家开始装饰，而在遇见商人勒乐后，更是不停地往家里添置新东西。这与现代的消费主义别无二致，爱玛相信自己可以通过购物来获得美好生活。至于债务的威胁，在自己即将成为"故事的女主人公"的喜悦、商人勒乐强调不用担心，以及情人们的花言巧语中被尽数淡化了。愉悦的生活给予她毫无来

---

① 当看到一个装了一半水的杯子，一部分人会看到半空的杯子，一部分人会看到半满的杯子。这个隐喻常常用来区分乐观主义者和悲观主义者。

由的自信：这样浪漫而充满激情的生活可以无限延续下去，所有问题都会迎刃而解。她忽视了所有外界的危险信号，只注意那些愉悦的信号，当偿还不上的债务逼近她时，一切都太晚了。

现在，根据你的故事的累进链条，填写表11的表格，并以此开始接近人物的内心世界。

表11

累进链条		
故事基调：（如果你担心自己忘记，可以在这里简单写下你的故事基调和创作目标）		
我想要 让人物高声说出自己想要实现的目标 再试着用"如果我能……那我该多么……"的语句写下主人公的独白，表达主人公的渴望和幻想。这段独白一定要有情感冲击力，让你都不由自主地期待主人公可以实现目标	**信念的强化过程（背景故事）** 用3～4个过往经历展示主人公的信念如何被强化。试着在其中加入 ●明确的肯定反馈 ●明确的否定反馈 ●不明确的反馈 再写明人物在每一次反馈后，如何说服自己继续坚持自己的信念；或者在信念动摇时发生了什么让主人公重新燃起希望	**被挑战的信念（故事进行中）** 根据累进链条上的重大事件，在脑海中播放这场电影吧！主人公如何满怀期待地迎来这次"机会"（主人公心里的），面对种种变化，主人公的心情如何起伏。 **再次燃起的希望** 当主人公的信念被挑战时，主人公经历了怎样的心理活动才又一次燃起希望？你必须让脑海电影中的画面可以打动你并令你信服

那么，究竟是什么造成人物如此渴求某个目标被实现？

▶▶行动背后的三大核心需求

为了找到使人物极度渴求某个目标被实现的原因，我们将寻求一些心理学的帮助。不过在此之前，你可能会疑惑。

问：我了解许多关于心理学的知识，创伤、过度补偿、认同感、认知失调、防御机制、人格障碍……但我感觉心理学中的内容跟我在现实中看到的不太一样，我应该怎么办？

答：我们是创作者，而不是心理学专家。在心理学家的世界里，人内心的想法与情感的复杂和暧昧可以被简化为一条心理学发现（而且一些心理学实验被发现无法被重复，这意味着其结论不一定正确）。而创作者的工作恰恰在于展示内心的复杂性、暧昧性。因此，我们不应该把心理学中的知识当作至高无上的真理，而是当作指路标，至于人的内心世界究竟是怎样的，还需要我们亲自探索——观察自己、观察别人或是询问他人。记住，你所展示的关于内心的一切，首先必须从情感和理智上都令你信服，这样你才能说服观者。

因此，在这部分我们也将在理性分析的同时，试着感受种种心理状态给人物带来的感受，这将帮助我们从情感上接近人物，并释放人物的生命力——让人物活起来。

回到我们的问题，人活在这个世界上，但凡行动都是为了满足需求，而目标也是某种需求的体现。

根据马斯洛的需求层次理论，人心中存在生理、安全、社交、尊重和自我实现的五层需求[①]。你还可以从无数心理学家和哲学家的著作中找到各种对人的需求、存在意义的解释。但深入探索这些理论并非了解人物内心的必要条件。

在创作中，我们可以把人的种种需求归结为三种核心心理需求。①**安全感**："我"是安全的，不会受到伤害。②**超越感**："我"想做出某些与众不同的事；"我"想触碰某种"永恒"。③**"我"**："我"是谁？"我"可以是谁、不可以是谁？"我"想成为什么？

（1）安全感、超越感和"我"

让我们进一步看看这三种需求。

安全感并非一种"有或者没有"的状态，而是一条轴线，从安全感的绝对缺失到安全感被完全满足，中间则少一点或多一点安全感。而心理创伤、对风险的恐惧、自我认同感、对社会认同的渴求、对平静生活的向往等需求就分布在两极中间。

安全感驱使人向往平稳、平衡的状态，尽管有时这意味着人必须要隐藏自我、逃避痛苦和现实、误会并因此伤害别人，甚至是毁灭自我和他人。比如，《神秘河》中的戴夫从未从童年阴影中走出，却不愿意让别人看到他内心受到的伤害。

[①] 马斯洛的五层金字塔需求后来被扩展为八层需求：生理、安全、归属和爱、尊重、认知、审美、自我实现、自我超越。但五层需求最为人知。

超越感则驱使人去追求那些更加理想的、虚无缥缈的、难以定义的目标。想要追求这些目标，往往需要走到平稳生活的对立面去，因为它需要人去冒险、挑战既定规则、袒露脆弱、面对自己的不安全感。

尽管这听起来像是让人难以理解的自虐行为，但是哪怕目标最终不能实现，追求这些目标的过程都会带来巨大的满足感和愉悦感。

比如，《百万美元宝贝》中的麦琪面对失败和伤病的可能，仍然追求自己的拳击梦想；《屠夫十字镇》中的安德鲁斯把自己的财产投资给米勒，试图跟随米勒在猎杀野牛的过程中找到生命的真谛；《等待》中的孔林期待着与情人曼娜结婚收获完美爱情。

至于对"我"的认知，让我们不去想"自我、本我、超我"①"阿尼玛和阿尼姆斯"②之类的心理学名词，因为感受比理智更能让我们理解"我"的存在。试着回忆下面的时刻，并怀着回忆所唤醒的情感回答后面的问题。

• 当初经历着快乐、满足、幸福，对未来充满期待的"我"，究竟有多快乐？

• 在承受着痛苦、失望，看不到再继续坚持下去的理由的时候，"我"是怎样坚持下来的？

① 奥地利心理学家西格蒙德·弗洛伊德主张人格由自我、本我、超我构成。

② 瑞士心理学家卡尔·荣格主张所有人类身上都存在两种特质。阿尼玛是男性身上少量的女性特征，而阿尼姆斯则是女性心中的男性意象。

- 那个令人后悔的抉择，"我"是怎样做出来的？

- 所有人都在告诉"我"应该改变的时候，为什么"我"没有改变？

- 为了获得梦寐以求的东西，"我"愿意付出什么？"我"真的愿意付出一切吗？

首先，记住回忆起这样的时刻和回答这些问题时的感觉，**这就是"我"存在的感觉。**接下来，你可以根据累进链条，适当进行修改并增加问题，为主人公定制一份这样的**灵魂时刻清单**，其中包括5~10个类似的情境和问题。把它交给你的人物，听听人物怎么回答。也许你需要为人物准备一杯烈酒，也许你要跟着走到人物最能放松的地方，不要逼问，静静等待人物说出自己的真实感受，讲出自己的过往经历。

如果你已经按照书中的步骤一步步走了下来，人物多半会浮现在你面前。现在你只需要放下"我是作者"的想法，不再试着构思而是放松地跟一位朋友聊天，人物会回答你。任由人物说出自己的想法，哪怕在你洗澡、吃饭、睡觉的时候都停不下来也不要打断，也不要评判，静静聆听吧——你将获得你梦寐以求的人物生命力。

在人物倾诉的过程中，停下故事构思，就是那种或绞尽脑汁，或如造物主般生杀予夺的状态。

静静地，听人物倾诉。很多创作者抱怨自己的人物没有生命力，却总是在人物还没有说出自己心声的时候就急于赶人物上台表演，又在人物倾诉的时候让人物闭嘴。

（2）原初场景

现在，让我们带着满载着情感的人物经历（也就是我们从前苦苦构思的背景故事），再次拿出累进链条、人物所回答的灵魂时刻问题、人物设定，还有你写过的人物独白。试着离人物足够远以便于你冷静地看人物的命运。在人生中的某个时刻，人物从懵懂开始对着命运大喊："我要……"然后，再往前一点，找到那个给人物带来巨大心灵冲击，并为那个"我要……"的时刻埋下种子的场景。

这就是人物的"原初场景"，它应该做到以下几点。

• 带来巨大情感冲击力的画面，它使主人公说出"我要……"，并且能激发你的情感。

• 一个标志性的物品。在后面它可以反复出现，提醒我们主人公的"初心"所在。

• 它必须能够解释主题链条中主人公所做出的重大选择。

• 它奠定了主人公的最高目标——人生一辈子的追求是什么。

• 它在主人公心里种下更追求安全感或是更追求超越感的种子。

原初场景通常不会出现在故事的"现在进行时"，有时是一段完整的、有起承转合的背景故事，有时只是一个极为简单的画面，延续时间不到一分钟，但其中却凝结了多种复杂的情感，并能够说服我们未来它将影响人物的每一个决定。

在电影《公民凯恩》中，报业大亨凯恩年幼时在窗外玩着自己的小雪橇，无忧无虑，但在房间内凯恩的母亲正准备签下协议，将凯恩托管给银行以保护凯恩不受父亲虐待，而父亲对于小凯恩的离去满心欢喜，因为他可以获得一笔不菲的费用。于是，小凯恩的内心中交织着喜悦、与亲人分离的痛苦和不安。我们完全可以想象，当凯恩一次又一次回忆起这个场景时，都会被这种复杂的不安全感所包围，即使他可以用金钱和权力获得想要的东西，这段记忆总会提醒他："你真的能获得爱吗？不，你不能，别做梦了。"

原初场景通常发生在人物的童年或是青少年时期，它可能会使人物在未来极度缺乏安全感，但也可能使人物因为缺乏安全感而转向追求超越感。比如，蝙蝠侠的原初场景是与父母看完演出后，父母遇刺而他无力改变一切的画面，这在他心里埋下了治理哥谭市犯罪的种子，从那以后他无所畏惧，成为正义的化身。

试着利用表12寻找人物的原初场景，并看看原初场景如何影响人物的心理和行动。

表12

累进链条
根据累进链条提炼出
最高目标"我想……"：在整个故事中主人公努力实现的最高目标
藏在最高目标后的核心需求是什么
□安全感 □不被任何人伤害 □平稳 □权力 □_____（其他）
□超越感 □追寻人生意义 □实现"完美" □犯罪

原初场景 它使主人公摆脱不去哪种情绪 □幸福 □愤怒 □无力 □恐惧 □_____（其他） 检查 □情感冲击力 □关键物品或场所 □与表格中元素协调一致	原初场景给主人公的承诺 当主人公在心底里说出"我要……"的时刻，主人公认为只要能实现自己的目标，就能获得什么？无论是什么，它都应该让主人公相信它可以满足主人公的核心需求	原初场景承诺的强化过程 原初场景的承诺就是主人公的信念、最高目标。在主人公的人生道路上，它如何被强化？ □不明确的反馈（多次事件） □错误理解明确的反馈 □在每次挫折时为主人公带来心理安慰 □主人公在心里不停地自我洗脑，使自我确信 □_____（其他）
原初场景让主人公相信，自己是怎样的人？自己的人生将会怎样 主人公对"我"的信念如何帮助主人公度过了怎样的艰难时刻 主人公对"我"的信念让主人公在得到什么的同时，又失去了什么		
原初场景使人物具有哪些性格特点？每个性格特点都对谁展露？性格特点都对应哪些行为模式 1. 2. 3.		

▶▶ "我面对世界的方法"

到了现在这个阶段，你已经开始对人物感到亲近，感受到人物仿佛在他自己的世界里活着。但你跟那个世界之间仿佛隔着一堵半透明的墙，你隐约能看到对面发生着什么，却看不清楚。

你知道人物的原初场景，也知道人设、累进链条，但是人物具体怎么应对世界砸来的困难？我们又应该如何让观者通过应对外界的方式，由外而内地看到人物的价值观、过去的经历，以及人物究竟受到安全感还是超越感的驱动？

很多时候我们作为创作者，总容易想太多技巧和理论，却忘了一件事。

不管人物的行动跟现实相比有多夸张，但人物终究来自现实，其情感、行为模式也符合现实中的某种逻辑。也正因如此，观者才能共情于人物身上的共性，好奇人物身上的差异性。

我们这样习得面对世界的方法——我们对生活抱有某种信念，希望人生朝着某个方向前进，而当困难袭来，我们会想办法解决。有时我们会寻求帮助，书籍、家人、朋友、导师，或者借助团体的力量。在这个过程中，我们获得大量反馈——怎样做会有怎样的后果，我们通常把这样的反馈称作"经验教训"；有时反馈可能没那么明确，于是我们试探着继续往前走，可能会走上离我们的目标越来越远的路（尽管让我们承认自己的方式是错误的很难，甚至有人一辈子都不愿意承认，而是继续嘴硬地走下去），我们中的一部分人会改，一部分人就索性随遇而安。我们逐渐有了一套"解决问题"的方式，这些问题关于家庭、工作、友情、爱情、内心平静、身体健康等。有些解决方式有用，有些只是让矛盾暂缓，有些则并没有解决问题只是让我们自己心里舒服罢了。但随着我们一次又一次利用这些方法"解决"问题，它成了我们性格的一部分。

（1）呈现原初场景

人物也是如此。从一个目标开始，而后在故事的世界中不断学习，收到反馈，最终有了自己的信念、价值观和行事风格。让我们以《包法利夫人》为例，来看看人物如何从一个生活环境中遇见了自己的原初场景，而后逐渐形成信念，以及面对世界的行为模式和性格（如表13）。

表13

生活环境	原初场景	信念	考验与反馈	行为模式（性格）
感受	感受	感受	感受	感受

少女时期，她在修道院学习，恰巧遇到一位贵族后裔老姑娘——老姑娘只是祖上阔过，因此无比向往自己祖上的荣光，如饥似渴地阅读着当时流行的通俗言情小说。而爱玛也昼夜不分地捧读这样的书。福楼拜这样描写这些小说的内容：

这些小说中所写的，无非是恋爱、情男、情女、在偏僻的小屋里昏倒的落难贵妇、站站被杀的驿夫、页页倒毙的马匹、幽暗的森林、心灵的纷扰、盟誓、饮泣、眼泪与吻、月下扁舟、林中夜莺，还有男人，一个个勇猛如雄狮，温顺似羔羊，人品盖世，总是衣冠楚楚，哭起来涕泗滂沱。

注意，我们在故事创作中往往只在乎上述的"背景"，并误以为只要有了这样的背景就足以说明人物的变化。

生活环境对人物产生什么影响，完全由人物的感受决定。

而人物会如何感受，取决于作者前面如何铺垫。

如果爱玛只把这些书当作消遣，或是像道德卫道士一样对书中的奇想嗤之以鼻，就不会有后面的故事。但她把这些书当真了，因为爱玛从小就生活在乡村中，对于乡村的生活早就习以为常而不以此为美。而看惯了平静景物的她想要追求刺激——这是人之常情。

现在，我们知道了。

• **生活环境。**爱玛从小生活在乡村，她感到厌倦、渴望刺激。

• **原初场景。**实际上是她看过的书，她感到柔情似水、激情澎湃、向往十足。

• **信念。**现在还不明确，但我们知道爱玛向往着任何勾起她"诗情"的事情——尤其是苦难。

在同一章中，福楼拜就安排了对爱玛的"诗情"的重大考验。她的母亲去世了，但她没有对母亲的死亡有任何深切的感受，而是把它当作满足自己"诗情"的一次机会。

> 母亲去世的头些日子，爱玛哭了又哭。她请人用死者的头发粘贴了一幅画，作为悼念，又往贝尔托寄了一封家信，满纸悲痛情思，请求在她死后，将她与母亲安葬在一起。老头子以为她病了，赶来看她。

爱玛内心深处，未免暗暗得意，因为苍白的人生难得有理想，平庸的心灵永远无法企及，而她一下子就达到了这种境界。

因此，她听任自己沉湎于拉马丁缠绵悱恻的诗篇，谛听湖面竖琴的曲子和天鹅临死的哀鸣，以及败叶沙沙飘落、贞女袅袅升天和天父的声音在幽谷中回荡。

可是对这一切，她渐渐厌倦了，却又不肯承认，只是靠习惯和虚荣心，才得以撑持下来，终于感到心境平静了，心灵上不再有忧伤，就像额头上没有皱纹一样，连自己也感到吃惊。

任何人在青少年时期，世界观往往都有极强的可塑性。正如同我们前面所说的那样，包括世界观在内的信念都是在一次又一次的反馈中被强化或是改变的。

爱玛相信这个世界上真的存在小说里的惊险刺激，而这样虚无缥缈的事所带来的愉悦感如此强烈，修道院的教条和不真切的关怀都不足以打败这种刺激感。而她对母亲的悼念从表面上看不出可被指摘的地方，别人只以为她过度悲伤，只有她心里才知道自己正"消费"着母亲的死亡，因此也没人能在这关键的时刻纠正她的想法。

于是，这场理应让她珍惜生命、敬畏死亡的人生课程，却没能带来对生死的敬畏感，而是像书里的苦难一样让她感觉自己进入了超凡脱俗的、优雅绝伦的境界——这更加模糊了现实和幻想小说间的界限，使她误会自己在人生中也可以成为小说的女主角。

爱玛的原初场景所激发的是对"超越感"的无限渴求。爱玛所追求的超越感，是阅读小说时所带来的刺激情绪。不用不敢承认，我们都在欣赏某种类型的故事时，感觉心潮澎湃，为人物的命运辗转反侧，恨不得自己就是主人公。

孤胆英雄、教父、武林大侠、吸血鬼、为爱付出一切的人、执着追梦的人……每个人都有过向往的人物形象。只不过爱玛没有分清现实和小说的区别。

现在我们知道：

• 考验。母亲的死亡。但她没有真正感受到悲伤，而是把母亲的死亡当作现实的礼物——一次可以亲身品尝的、小说中提到过的"死亡"，她也的确在其中感受到了超凡境界。

• 经过"考验"的信念。小说中的情节一定在世界的某处存在，而她只要活着就有可能经历小说中的情节。她的感受是：永远怀着期待。

死亡并不是总有，而且也并没有给爱玛带来足够长时间的"快乐"。这是一个不明确的反馈，完全取决于人的解读。如果是一个有智慧的人，消费过死亡所带来的审美愉悦感却发现这种愉悦感并不长久后，过段时间就会明白试图从任何对死亡的"消费"中达到人生的境界都是不可能的；如果是一个有道德感的人，则会明白这并不道德。但爱玛没看到连死亡都不能给她带来长久的超凡境界的问题，却转而相信爱情。这决定了她后续的行为模式。

• **行为模式。** 试图从现实的爱情中体验读书时的那种激情和超凡境界。她充满期待。

至此，爱玛的生活环境、原初场景、信念、考验一环扣一环地相互结合，形成了她的行为模式，也是她新的信念。而这一切都使她心里的那个"我"说："我想要小说里那样精致、刺激、浪漫的生活，在未来的某一天，我一定可以拥有这样的生活。"

你心里可能有个疑问。

问：你强调原初场景的重要性，但是我发现有些故事里面并没有出现过原初场景。比如在《百万美元宝贝》里，我就没看见麦琪从哪一刻开始打拳击；在长篇小说《巨人的陨落》里，我也没见到那些主人公们如何决定走上自己的道路，他们就是做了。

答：原初场景的确很重要，它既解释了人物行动的根本逻辑，是人物的"初心"所在，也能让我们创作者感受到人物的生命力。但原初场景并不总是直接出现在故事里，比如说一个闪回、插叙或是对话中的"呈示"。原初场景可以在影片的"现在进行时"中以其他形式出现，提醒主人公自己真正的心意。比如在电影《大白鲨》中，警长初来到小镇却遭遇大白鲨危机，但小镇居民并不愿意大张旗鼓地捕捉鲨鱼，担心消息传开了会造成经济损失。警长陷入两难，他希望融入小镇成为一分子，但他心中的责任感使他希望解决问题。就在他几乎决定放弃时，晚上坐在餐桌前，他用手托下巴陷入沉思，儿子却有样学样——这提醒了他，他是儿子的榜样！而后我们就会看到警长坚定不移地开始解决大白鲨的问题。尽管影片中没有提到，但我们都知道在儿子降生、他第一次把儿子抱入怀中的那一刻，他告诉自己："我要当一个让儿子尊重、感到自豪的榜样，一个负责的男人。"

问：那么又是什么影响原初场景是否直接出现？

答：这完全取决于创作者自己的考量。有时为了保持悬念，有时为了不拖慢故事的节奏……有些时候，原初场景的确跟故事的基调格格不入（这是完全可能的）。比如，《百万美元宝贝》中，我们从未见过童年时期的麦琪如何对拳击产生了兴趣，只见到麦琪的家人并不尊重她，以及她一直以来对拳击的梦想。但我们可以想象，小麦琪在一次从庸俗缺爱的家庭中逃离出来时，偶然间体验到了拳击给她带来的力量感，也许还在商店的电视上看到了一个女人被打得鼻青脸肿，但所有人都为她欢呼的画面。无论那个原初场景是什么，我们都能听到小麦琪在心里说："我要成为一名拳击手，无论付出什么。"但这样的场景多少有点"俗套"，也与麦琪瘫痪后所带来的"死亡"主题不太相符。因此，比起直接展示这个原初场景，麦琪已经用一次又一次的训练、比赛、跌倒、爬起来，以及只要实现了比赛梦想即使瘫痪也不后悔的决心，证明了她从未背版在原初场景中对自己的承诺。

让我们来做个练习。试着识别出下面故事中主人公的原初场景，看看在不同的故事里创作者如何把原初场景玩出花样，比如克里斯托弗·诺兰如何让"原初场景"（小提示：主人公莱昂纳多心里的那个画面真的是原初场景吗）承担了悬念和反转的功能。

- 《记忆碎片》：莱昂纳多。
- 《巨人的陨落》：比利。
- 《阳光小美女》：奥丽芙。
- 《红楼梦》：贾宝玉。
- 《剃刀党》：汤米·谢尔比。
- 或者是任何你喜欢的、熟悉的故事！

再试着根据表14，推演出原初场景如何形成人物性格或是行为模式。

表14

生活环境	原初场景	信念	考验与反馈	行为模式（性格）
感受	感受	感受	感受	感受

练习在故事中寻找原初场景或是分析原初场景，试着把它融入日常阅读和观看中。这可能需要你投入一些时间，但你的付出绝对值得。这将帮助你通过作品表面看到创作者的意图、技术以及种种选择，并帮助你更加熟悉故事的创作机制。

（2）其他人物

跟站在马拉松的起点处说"我要出发了"，但后面还有漫长的路程要走一样，原初场景巩固后所产生的最高目标只是开端，人物还有很长的道路要走。

随着人物逐渐明白"我是谁""我想要什么"，同时也开始区分"我不想成为什么样的人""我对什么样的人不感兴趣""我讨厌什么样的人"，在人物心里出现朋友、亲人、爱人、敌人、陌生人等对人的分类。

那么，我们应该怎样为故事选择其他人物呢？

从戏剧冲突的角度讲，我们往往将其他人物分为**支持人物**和**对立人物**。支持人物就是帮助主人公实现目标的人，可能是朋友、家人、爱人、导师等。对立人物可以是传统意义上的反派；如果主人公被诬陷或真的犯罪的话，对立人物也可以是法律背后的人。总而言之，对立人物是一切阻碍或阻止主人公实现目标的人。

但现在，让我们从主人公的视角以及主人公命运的角度去选择主人公想遇见、不想遇见和需要的人物。这将帮助我们建立起主人公和其他人物之间的情感联系——主人公想从其他人物身上获得什么、获得了什么、害怕失去什么，在这之后再为人物关系赋予冲突就会容易得多。

主人公想遇见、不想遇见和需要这样的人物。

● **想遇见能帮助主人公实现目标的。**可以是导师，能够指引主人公实现自己的目标，就像《百万美元宝贝》的麦琪遇到了弗兰基。可以是帮手，具备某种主人公不具备的能力，与主人公协作实现目标。也可以是主人公认为有利可图的家伙，比起尊重导师、信任伙伴，这家伙只是主人公心里的倒霉蛋。

- **想遇见实现主人公幻想的。**一直梦寐以求的人，突然在自己的眼前出现了，甚至比自己想的还要好！

- **想遇见自己认同的。**主人公同样有自己的情感需求、精神需求。实现幻想和认同之间存在微妙的差别，幻想的对象更多是不切实际的，即使有明确的标准但在情感面前标准也会变，就像爱玛·包法利遇见了自己的诸多情人。而认同感则是基于自身价值观，并有严格的标准，就像蝙蝠侠布鲁斯·韦恩在《蝙蝠侠：黑暗骑士》中终于遇到了自己心中正义的实现者检察官哈维。

- **想遇见心灵的归所。**与实现幻想的刺激不同的是，主人公已经经历了足够的动荡，现在想要获得心灵上的安稳。有时主人公会寻求宗教、哲学的指引，有时则希望找到一个足够安稳的对象。

- **不想遇见自己讨厌的。**每个主人公讨厌的人都不一样，因为主人公讨厌的人是主人公所期待的人之外的家伙。爱玛·包法利期待着浪漫的、高大的、脆弱的情人，因此她讨厌务实的人。

- **不想遇见自己恐惧的。**没有人想遇见麻烦。某个人物之所以令人感到恐惧，并不是人物本身有多可怕，而是因为人物会给主人公的生活带来威胁。如果主人公的原初场景带来了心理创伤，在主人公的眼里绝大多数人恐怕都有威胁。

- **需要能够帮主人公脱离命运悲剧的。**尽管主人公真的需要这个人物的存在，否则就会毁灭，但根据创作者的需要，这个人物很有可能不会出现，或是出现了也被主人公当作"讨厌的家伙"。

你可以使用表15找到主人公想遇见的和不想遇见的人物。

表15

主人公的需求	支持人物	对立人物
想要实现的目标 ————— 实现目标所需要的步骤 （能力/信息/分工） 1. 2. 3.	支持主人公实现目标的原因 □共同目标 □利益相同，目标不同 □愿意帮助主人公 具备能力： （对应主人公所需的能力） 1. 2. 3.	与主人公对立的目标
原初场景给主人公留下的巨大打击（具体事件）	能给主人公带来安全感的	使主人公回忆起创伤的、带来不安全感的
幻想	任何可能满足主人公幻想甚至是超出期待的	阻碍主人公实现幻想的 □家长 □学校

认同的价值观	与主人公价值观一致的	与主人公价值观不一致的
曾经的动荡生活所具有的特点 1. 2. 3.	所寻求的安稳归所具有与动荡生活截然相反的特点 1. 2. 3.	但过去的麻烦总找上门来

主人公会根据自己的判断"趋利避害",所以无论是主人公想遇到什么人、不想遇到什么人,都十分好懂,不需要多做解释。但对于主人公需要遇到什么人,取决于你这个创作者决定写什么样的故事,也取决于主人公身上的"致命弱点"。

如果你写的是"理想型""实用型"的主题,即主人公能够扩大自己身上的优点或是战胜缺点来获得自己想要的人生,那么需要有一个人或是一件事来"点化"主人公,促使主人公发生改变。

要知道,人对于事物的态度和信念很难发生改变,直到遭受重大打击,也就是明确的否定反馈的时候才会发生变化。托尼·斯塔克之所以能蜕变为钢铁侠,是因为他亲身体会到被战乱所折磨的痛苦、无尊严、无安全;《心灵捕手》中的天才清洁工威尔之所以打开心门、敢于面对不安全感,是因为好友和心理学专家坚持地告诉他"你自以为平稳的生活只是在逃避"。

又或者你在主人公最需要的时候,用主人公最能接受的方式点化了主人公,只有细心的观者才能发现是你这个创作者在背后拨动命运之弦，为主人公带来一丝幸运。比如，小说《白鹿原》中，白嘉轩连续死了六房太太，想找阴阳先生来看穴改运，却恰好遇到了下雪，意外挖出奇怪的植物。白嘉轩的姐夫颇具智慧，让白嘉轩画下那奇怪的东西，姐夫说那就是一只白鹿的形状，说明他要走运了。其实，白嘉轩缺的是"被命运眷顾的自信"，而姐夫是借村子里流传已久的白鹿传说点化了他。

这时，如果你拉出托尼·斯塔克、天才清洁工威尔和白嘉轩的累进链条，你就会发现这些"点化事件"在链条上闪闪发光，如果把它拿走，人物的命运就会是另一种样子。反过来说，如果你希望人物的命运发生改变，就应该增加"点化事件"到累进链条上，并确保主人公拥有被点化的可能性。

如果你想通过你的故事展示"命运的悲剧感"，那么你应该让主人公朝着自以为光明的彼岸一条道走下去，而主人公总在忽略所有说着"这么做你只会走向毁灭"的信号，满心以为聪敏的、智慧的、坚定的自己终究会迎来幸运。其实，这样的主人公反而更像我们自己，不撞南墙不回头、不见黄河不死心，一心对未来怀揣着希望，却很少发现是自以为是优点的缺点导致了命运。

▶▶ 人物的行为模式

面对朋友、亲人、爱人、敌人、陌生人，主人公自然会有不同的态度，也会以不同的方式与对方相处。

不过，受到其他作品的影响，我们难免觉得詹姆斯·邦德说着"一杯马提尼，摇匀，不搅拌"，或是《教父》中的维托·柯里昂坐在昏暗的办公室中为上门寻求庇护的人提供帮助的样子充满魅力而试图把这些行为模式移植到我们的故事里。

但你已经知道这样做的问题：它有可能会破坏人物逻辑，或是这些有魅力的特点不能真的解决问题。

回到行为模式的实质，它首先是人物面对自己人生中的种种问题，屡试不爽的解决方案。在这以外，它可以展示人物的性格，暗示人物的命运。最后才是对观者有吸引力的"魅力点"。

在构思主人公解决问题的行为模式时，我们总是试图找到"屡试不爽的解决方案"，却忽视了"问题"。

不知道你有没有思考过，为什么主人公一想做什么事就恰好有人阻拦？你总听人说有了阻碍就有戏剧冲突，所以为了戏剧冲突、让故事好看，即因为创作者的需求才有了阻碍？

主人公之所以会受到对立人物的阻挠，是因为主人公想要实现的目标阻碍了对立人物目标的实现。在很多情况中，不是麻烦找上了主人公，而是主人公自己主动或被动地选择了麻烦。《大白鲨》里不是大白鲨找上了海里游泳的人，而是人去海里游泳；《百万美元宝贝》中的麦琪如果不把拳击当作梦想，就不会瘫痪；《万能钥匙》中的卡罗琳如果不是执意要救瘫痪老人，她就不会死。当我们从这种角度考虑冲突，往往可以大幅减少绞尽脑汁构思冲突的时间——因为从行动的那一刻起，冲突就已经必然会发生了。

主人公所惹上的麻烦通常分为下面四种，而解决方案也会有所不同。

- **与对立人物产生利益冲突。**不是拼出胜负，就是协商解决，而协商意味着双方都要做出让步。

- **被动陷入乱局。**因为时代背景、社会变迁、自然灾害而被动卷入乱局，因此要么在困境中存活，要么逃离乱局。而想在困境中存活，由于资源的紧缺、人心的浮动，主人公会与他人产生利益冲突。

- **自身特点造成的问题。**因为自己的信念、行为举止、态度而导致别人的不满、关系出现裂痕，但又不是利益冲突。想要修复关系的话，要么通过道歉等治标不治本的手段，要么改变自己，要么改变对方对自己的看法，或者干脆结束一段关系。

- **内心不平静。**因为种种原因而导致内心不平静，主人公可以选择逃避，交给时间平复，转移注意力，或是寻求哲学、宗教的慰藉，修行内心等手段来平复内心。

在这里，我们要着重讨论的是后两种麻烦，因为前两种麻烦往往是暂时的、短期的，或是短时间内无法解决的，而解决方案往往需要根据情况来实施。但后两种问题却是长期的，不解决的话将会反复困扰人物，同时自身和内心的问题也会在利益冲突和乱局中产生影响——说到底，人物所遇到的冲突都是与他人、与自己的问题。

因此，我们应该关注主人公如何从原初场景、生活环境、个人信念，以及人生中遭遇过的关键事件一步步强化出某种屡试不爽的解决问题的方法，而这种解决问题的方法又会带来什么问题。这次，让我们试试由外而内（你也可以采用由内而外的方法），以"喜欢在亲密关系中采取冷暴力"的A君开始，让我们看看它是如何形成的（如表16）。

表16

性格特点的致命问题		
（试着自己在看完下面所有内容后再填写这部分）		
概括性的性格特点 喜欢在友情中采取冷暴力	行为模式 总以冷淡、轻视、忽视、鄙夷、指责等手段，把问题都归结于对方，迫使对方妥协、改变，以满足自己的要求	结果 A君的朋友陷入低自尊、自我否认的状态
第N次强化 在经历过无数次强化过程后，A君的认识 ●朋友都应是自己可以通过冷暴力控制的人 ●问题都是出在别人身上 ●习惯了朋友的离开，并认为对方"不配" ● 控制的手段越发高明，学会"大棒加蜜枣"，让对方离不开自己 ●认为好朋友就是应该对自己百依百顺	前几次强化 因为A君经常冷暴力自己的好朋友，两人时常绝交又和好，最后对方受不了而彻底绝交，但A君认为："这不是我的问题，他连这都受不了，不配当我的朋友。" A君也曾与不受冷暴力影响的人交过朋友，但对方很快就与A君发生争吵，A君认为："他不能为我妥协，说明他根本就不在乎我。"	第一次 A君第一次下意识地按照跟父母学来的样子，冷暴力自己的好朋友的时候，看到好朋友受伤的样子心里有些难过，但很快好朋友就主动道歉并更依赖A君，这让A君觉得："这好像并没有什么伤害，而且很有用。我以后可以继续。"
"我"的信念		
"真正的朋友应该无条件地包容、理解、支持我的决定，承受我的情绪。" "我没有任何问题，都是别人的问题。"		

受到安全感驱使	受到超越感驱使
原初场景	
感受	生活环境

当我们由外而内，逆推到"安全感"还是"超越感"的时候，就是我们作为创作者需要做出决定的时候了，而我们做出的选择将直接决定原初场景、感受和生活环境的选择，同时也会反过来影响A君后续（在故事的"现在进行时"）会怎样成长。

如果我们选择A君受到安全感驱使而冷暴力对方，那么在缺乏安全感（可能是父母四处搬家、沟通少、习惯性指责对方、争吵）的环境里，A君感到受伤、无助。

A君讨厌父母的样子，渴望获得别人对自己的善意，因此总是对人过分热诚。

但一次，A君把自己最喜欢的玩具分给自己的"朋友"，对方却不小心弄丢了，还说："这也没什么大不了的嘛，我让我爸爸再买一个赔给你。"

A君等了很久都没收到，询问的时候，对方却说："哎呀你怎么这么小心眼儿，还记着这件事呢？"

在这一刻，A君决定，以后再也不热诚地对待别人了。

而在这种情况下，长大后的A君仍然有可能发生变化，因为A君真正渴望的是别人真心的关爱。

如果我们选择A君受到超越感驱使，假设A君从小看自己的父母给人干活，每天辛辛苦苦，但老板轻飘飘的一句话却可以决定父母的命运。因此A君一直渴望掌控感，总是想象着自己变成了老板可以如何掌控别人的命运。

A君的父母没有发现孩子的变化，却一直努力爱着自己的孩子，A君起初只是想通过掌控权力来保护自己的父母。

但有一次，父母带着A君去公司的庆功宴，却被老板揶揄，A君感到屈辱、愤怒。

在这一刻，A君决定："我要掌控别人的命运，掌控别人的情绪。"而长大后的A君很可能不会改变，行动只会越发过激最后走上毁灭的道路。

不过，如果我们选择超越感的路线，就需要相应调整A君的信念以及行为，以解释为什么A君最后只是掌控朋友的情绪，却没有获得自己从小期待的"权力"。

问：我现在好像逐渐开始明白，为什么说在主题阶段就发展累进链条可以看到整个故事是否合理、符合逻辑，为什么说主题就是人物、就是故事了。因为这一切的确都是相互影响的。但我感觉自己在创作过程中，就是缺了点所谓人际关系的"常识"，还经常感觉人物就应该这样发展，别人却说很奇怪。

答：对于许多年轻的创作者而言，对于人际关系的认识建立在小说、电影、漫画的基础上，而不是现实生活中的真实状态。我们许多人喜欢看的，甚至还是别国文化语境或是一定程度上脱离现实的架空背景下的故事。在我们年幼的心里，往往会留下对于人际关系不切实际的幻想和印象。就像上面的"性格特点（行为模式）发展表格"那样，我们中的绝大多数人也会强化一些不切实际的想法。但作为创作者，想要写出真实、有深度的人物，就只能通过不断观察他人，与周围人发生互动，再适当选取一些心理学读物阅读，日积月累见人心了。一个小技巧：读为各个特定读者群体写的"自我帮助"类书籍，了解不同人群怎么看待自己，再在生活中观察这类人真实的行为模式，及其行为模式对别人造成的影响。

试着把你学到的心理学知识放到上面的表格中去吧！很多时候心理学知识只能填入几个格子，其他的格子需要你通过生活、人们在网上的心情分享等渠道获取的信息而填入。

同时，它还能帮你把种种心理学知识、人情世故的了解转化为人物和冲突。

此外，一个人物不止一种性格特点，对待不同的人往往有不同的方法。试着填写多个人物的"性格特点（行为模式）发展表格"。至于是否协调、一个人有多少面目，试着用自己的直觉来判断吧。

尽管人物一开始的起点和遭遇的每一个困难都是你精心设计的。但那之后人物的每一次行动都来自人物自己。

你一定曾经听过，人物到了某个时候，会突然自己活起来。这句话真正的意思是，当你明白驱使人物行动的最核心的需求、人物的优缺点，以及人物选择如何实现自己的目标之后，人物就有了属于自己的行动逻辑。

你会迎来人物自己活起来的时刻，不过到时候可别强按着人物按照你的思路走！

▶▶ 击碎原初场景

人物将会一直坚持原初场景中的那句"我要……"，直到现实狠狠击碎希望。

战争、背叛、暴力虐待、精神摧残都可以击碎希望；而生活的责任、社会文化强加给人的"标准人生"、与周围人的比较同样会一点点使我们丧失对原初场景的坚持。

面对被击碎的原初场景，极少数拥有钢铁般意志的人会扛下来，但绝大多数人都会改变自己的信念、行为模式，以适应新的现实。于是，新的原初场景从中诞生。

也许你曾经把主人公所经历的心理创伤当作是故事的背景故事，以此来解释人物现在为何会这样行事。但被击碎的原初场景的力量不止于此。它将持续出现在主人公的生活中，尽管为了适应现实主人公已经有了新的目标、行为模式，就连性格也与原先判若两人，但被击碎的信念留下巨大空洞——当那个填补空洞的人或机会出现时，主人公将陷入其中，哪怕这会给自己带来危险。

你可以让人物在故事中经历原初场景被击碎，信念被打破、再重建的过程。

你也可以让人物一开始就已然是破碎过又重建的状态，并在故事中逐步展现人物在过去、现在、希望、失望、坚定、动摇之间的挣扎。

试着对人物问出这个问题吧：在你年轻、无忧无虑、心比天高的时候，你最渴望的是什么？

等人物露出缅怀的神色，仔细回忆片刻才缓缓回答你之后，再问：那现在呢？

记住人物回答时的神情、语气还有人物回答了什么。也记下人物所讲述的曾经走过的路，犯过的错，承受过的痛苦，以及那些漫长岁月中一闪而过的快乐、幸福时光。

▶▶汇总人物信息

现在，回到故事的累进链条，从全局看人物命运的变化，就能看到原初场景决定了人物的最高目标，人物在一次又一次的事件中所得到的反馈影响了人物的行为模式以及性格。换句话说，你已经建立起概括性情节和人物内心、人物行为模式之间的联系，做到了主题即人物，人物即故事。

你可能已经发现，直到现在我们还没有提到人物的年龄、性别、职业、信念等基本属性。这是因为我们对人物还不够了解，过早考虑人物基本属性往往只是随意填写，而后我们又会被随手写上的人物属性限制思路。

但现在，你已经了解人物的内心世界，得知人物在进入故事前所经历过的重大改变，也了解人物的行为模式。你会发现，在了解人物内心世界的过程中，早已通过推演人物心理找到了相对应的基本属性——故乡、童年的色彩、家庭条件、社会阶级、地域特征等。

整理汇总你所知的信息。

• **基本属性**。性别、年龄、职业……

• **地域特征**。地区性的信念、生活习惯、崇尚的价值观……主人公属于哪些族群？

• **兴趣爱好**。人物喜欢听什么歌？是否喜爱流行文化？是否喜爱某种小众文化……兴趣爱好对于人物而言意味着什么（比如消遣、救赎、逃避、社交方式）？

• **内心世界**。童年生活环境、原初场景、更倾向于追求安全感还是超越感……

• **信念**。相信什么？在往后的生命中愿意追求什么？信念是否被打破，新的信念是什么？

• **追求**。脚踏实地还是探索远方？幻想获得怎样的生活？

• **行为模式**。保守还是激进？逃避还是掌控？习惯怎样对待不同的人？行为模式的潜在风险是什么？坚持这个行为模式可能会让人物失去什么？

• **人际关系**。期待着怎样的人际关系？实际需要什么样的人际关系？人际关系中暗藏哪些风险？讨厌什么人？什么人被视作敌人（在什么情况下会化敌为友）？

不要让你的清单只包含概括性词语，而是试着写出背后的故事，以及背后的故事给人物带来怎样的情感变化和信念变化。这样这份清单才可以帮助你构思故事，而不是成为鸡肋的工具。

最后，让我们试着回答最初的问题：我们应该怎样写出有吸引力的人物？

也许你逐渐感受到，比起耍花枪、吐烟圈，或对古典音乐、文学经典如数家珍，主人公在这些时刻更有吸引力：明知道前方是命运的荆棘地，却还是一脚踏进去；在尘封已久的心里打开一扇门，让阳光和风沙一同进来；满心以为自己所做之事可以保护家人，家人却因此而受到伤害；只是为了活着，就已经摸爬滚打、满身泥泞；当然，还有那恒久的——为了理想而不懈奋斗。

你的答案是什么？

实践手册：心理与情感描写

▶▶展示心理状态

接下来我们将了解一些心理和情感描写方法。不过，为了构思过程的流畅，建议在阅读完剩下的章节内容再回来阅读本部分。

对于心理描写，我们可以采取的方法有以下几种。

• 直接的心理描写。

• 通过外在形象描写暗示主人公的状态。

- 通过景物描写烘托、折射主人公心理。
- 通过语言和动作展示主人公内心。

让我们直接来看看，《罪与罚》中，陀思妥耶夫斯基如何结合主观描写、语言、动作、状态的描写来展示主人公拉斯柯尔尼科夫在杀人后所陷入的迷乱状态。

睡了不到五分钟，他又跳起身来，立即发狂般地奔向那件夏季大衣。"我怎能又睡着了，任何事情都还没做好呢！果真如此，果真如此：腋下的绳套直到目前还没有拆下来呢！忘了，竟然连这等事情都忘了！如此明显的罪证！"

他扯下绳套，急忙把它撕得稀烂，塞到枕头底下的内衣里面。"粗麻布碎片无论如何是不会引起怀疑的；看来如此，看来如此！"他站在房间当中反反复复地说，并且聚精会神到头痛地又仔细检查四周，检查地板和所有地方，看看还有什么东西忘记了没有。

他相信，他的一切，甚至记忆力，甚至正常的思考力，都已离他远去了，这种想法开始难以忍受地折磨他。

"怎么，难道已经开始，难道惩罚这就已经降临了？是的，是的，就是这样！"果然，他从裤脚上割下的那些毛边七零八落地扔在房间当中的地板上，进门第一眼就可看到！"我这是究竟怎么搞的？"他又惊慌失措地高声叫道。

这时一个古怪的念头在他的头脑里油然升起：也许，

他所有的衣服全都沾上了血，也许还有许多血迹，只不过他未曾看见，没有发现而已，因为他的思考力衰退了，思维凌乱……理智不复存在……

注意，"直接心理描写"大概是所有创作技巧中，唯一几乎只适用于小说的技巧。

在戏剧、影视剧剧本中，由于剧本最终要被演员表演出来，而"心理描写"是表演不出来的。

因此，在剧本中我们很难见到心理描写，取而代之的是内心独白及通过对白、行动、灯光等手段来展示内心状态。

在上面《罪与罚》的片段中，以斜体标记的部分是表演不出来的，而其他部分则是能够表演出来的。

再来看看《狂人日记》。

今天全没月光，我知道不妙。早上小心出门，赵贵翁的眼色便怪：似乎怕我，似乎想害我。还有七八个人，交头接耳地议论我，又怕我看见。一路上的人，都是如此。其中最凶的一个人，张着嘴，对我笑了一笑；我便从头直冷到脚跟，晓得他们布置，都已妥当了。

作为读者，上面片段中用斜体标注的内容并不影响我们阅读，这些心理描写方便我们直接进入"狂人"的内心中去。

但如果作为剧本，这个简短的场景包括了开场的景色，一路上看到其他人在交头接耳，这些都是可视的描写。在场景的结尾，主人公的感受却不可视、不可表演，你应该试着把这些部分转化为可视、可表演的内容，比如：我知道不妙。→早上小心出门，看到赵贵翁，我故意跳起来怪叫："你们看见鬼了吗？"但他脸上不见恐惧，反倒嗤笑起来。今夜月上没光，我隐约听到怪声——"见鬼了"，我没敢回头，撒丫子往前跑。

我便从头直冷到脚跟，晓得他们布置，都已妥当了。我早上便看见他们从栏里抓了只公鸡，我问他们："你们抓鸡来干什么？""不关你的事。"他们回话的神色像是有什么好事不想令我知道。我又见到他们磨菜刀，看到我来，一边议论我一边磨得更起劲，我故意问："你们这是杀鸡来吃？"磨刀的那人拎起菜刀就走上来，说："走开走开，你这个晦气的东西。"我跑回家，一路都感觉凉飕飕的。刚把门拴好，大哥便突然蹿出来问我："疯孩子，你跑到哪儿……怎么今天上午刚换的裤子又尿湿了？"

看了上面的从心理描写到剧本的转变过程，你心里可能会有以下疑问。

问：虽然直接的心理描写并不能被表演出来，但是你上面给出的"转化"例子，都把原本只有一句话的内容，给扩充得特别长。如果所有的心理描写都这样转化一番，那岂不是字数、篇幅都要增加了？这难道不是有违写作的简洁性原则吗？

答：首先，写作的简洁性并非必须遵守的原则。我们应该遵守的原则是：让每一个字都不是废字，都有自己的作用。而这需要根据我们的创作目标、写作体裁、观者类型等来进行调整。海明威简洁到极致的小说和普鲁斯特的《追忆似水年华》都是文学史上的优秀作品，但它们在简洁性上却走向两极。

上面的"转化"过程只是作为例子来进行说明，也许在剧本中这些场景并非必要，可以删去。在剧本的实际创作中，我们必须考虑到每一个场景对主人公命运的转变是否重要。如果是重要的场景，我们必须将它写到淋漓尽致，并通过调整节奏、删掉不必要的内容来使冲突和情感刺激更加强烈。而对于那些不重要的场景，我们可以将它们与其他场景合并，或者直接删去。

小技巧：尽管我们不能在剧本中直接运用心理描写，但我们仍然可以先细细写出主人公的内心感受，而后再将其转化为适合剧本的冲突、对话、行动。

不过在剧本中，只要保持适当、少量，在"动作描写"部分加入一句对心理活动的解释仍然是可以接受的。这将明确某些不太易于理解的动作背后的潜台词。但你不能过于依赖这个方法，而应该想办法让人物行动、行动背后的心理状态都易于理解。

再来看看老舍在《骆驼祥子》中通过描写祥子的外在形象和神态，来展示祥子在老婆虎妞去世后卖了视作命根的车而后失魂落魄的状态。

> 祥子像傻了一般，看着大家忙乱，他只管往外掏钱。他的眼红得可怕，眼角堆着一团黄白的眵目糊；耳朵发聋，愣愣磕磕地随着大家乱转，可不知道自己作的是什么。

环境和空间同样可以成为人物心理的外在显现。

在电影《沉默的羔羊》的开场部分中，女主人公克拉丽丝走入关押特殊犯人的精神病院，走过幽深昏暗的隧道，穿过一道道上锁的铁门（象征着她即将进入人心中最危险的地方），铁门在开锁时会发出近似警笛的声音（像是在告诫她前方危险）。

当她真正站到汉尼拔的监室面前时，隔在一览无余的、光洁的玻璃窗后的，是一个仪容整洁、正优雅地看书的男人，墙上挂着精美的欧洲风景画，而这与克拉丽丝接下来要做的事情相呼应——她将要利用"文明"世界中的心理学知识，礼貌而坚定地从汉尼拔嘴里套出野牛比尔的情报。

如果说在小说中，景物描写有可能会稀释读者的注意力，那么在影视剧本中，对景物的多维度描写对人物心理的展示效果远远强于直接心理描写。

因为对景物、光线、感官信号的描写最终会被转化为画面和声音，能被观众真切地看到、听到——感官刺激的力量将直接作用于大脑，而不需要像看小说时那样进行想象。

▶▶表达内心情感

这个世界上有多少种人，就有多少种表达情感的方式。

古诗词中向来包含大量情感，并且画面感十足。试着感受，并毫不犹豫地把它用在故事里吧。看看南宋诗人陆游的《十一月四日风雨大作》。

> 僵卧孤村不自哀，尚思为国戍轮台。
>
> 夜阑卧听风吹雨，铁马冰河入梦来。

你也可以试着让人物自述。注意，真实感和情感永远藏在细节之中。比如威廉·福克纳在《我弥留之际》第四章中，这样描写特尔对杉木桶喝水这一细节的感受。

> "朱埃尔呢？"爹问我。
>
> 水在杉木水桶里放一会儿之后会好喝很多，我从小就发现这个秘密了。水凉丝丝的，但又有点温暖的感觉，夹杂着一股缥缈的香气，犹如七月里杉树林吹过的温热的风。
>
> 水要在木桶里放六个小时以上才可以，而且喝水要用水瓢，用金属的东西喝是不行的。

人物的自述也可以来自痛苦中的呐喊。看看《我弥留之际》第二十八章中埃斯的自述。

在这里要想活下去是件很艰难的事情，那会让你很辛苦的。所有的汗水都流到了上帝的地里面去了，那可是走八英里的路才能流出来的汗呀，而这也正是上帝想要的。

这个世上到处都是邪恶，老实巴交靠自己力气过活的人永远都沾不上什么好运。

看看那些个在城市里面开着店铺的人，他们不用流一滴汗，但是要指着人们的血汗来生活。

靠力气过日子的农民们没有一点好运，我们为什么要遭受这样的罪呢，有的时候我真的是想不明白。

或许是要等到上了天堂吧，在那里我们可以获得一些补偿，一个人无论再怎么有钱，也不可能把汽车什么的都带上去的。

上帝对每个人都是公平的，他将把富人们的财产分到穷人们的手里。

如果人物心中有情感，那么看到的东西都会不一样，仿佛带着别样的色彩。看看《包法利夫人》的第五章中，夏尔·包法利在新婚的幸福中，如何凝视爱玛·包法利的眼眸、脸庞、衣服，以及丰富的色彩如何展示出夏尔的爱意。

夏尔沉浸在幸福之中，没有半点忧虑。夫妻俩面对面用餐，傍晚在大路上散步，爱玛举手理两鬓的头发，她挂在窗钩上的草帽映进他的眼帘，还有许多他过去从来没有兴致的事情，现在都给他带来无穷幸福。

早晨，双双同枕躺在床上，他凝视阳光映照着她面颊金色的汗毛，睡帽的花边缀饰半遮住她的脸。

挨得这样近看去，他觉得她的眼睛比平常大，特别是当她刚睡醒，一连几次睁开眼睑的时候。她的眸子，在阴影里呈黑色，在阳光下变成深蓝色，仿佛重叠着多层颜色，越往里越深，越接近表面的珐琅质越浅。

他的视线消失在那眸子深处，看见那里面有一个小我，仅到肩头为止，包括包头帕子和敞开的内衣领口。

歌词、影像、自白、诗词、喃喃自语……你有无数种方法展示人物的情感。

不过记住，比起技巧和文笔，在展示人物情感的时候，最有力量的永远是丰富的细节。

故事创作者还有另一个称呼——故事世界的造物主。

第五章

虚构世界

"造物主"的称呼太过于有吸引力，以至于吸引许多创作者在故事创作初期花费大量时间和精力来构建世界。

　　大到世界的地理环境、气候、城市规划、排水系统，小到大楼的外立面颜色、房间的内饰，甚至是一瓶扔在垃圾堆里的空酒瓶都要做出点文章来。更不用说在听说克林贡语[①]、精灵语[②]之后，心里对发明一门语言燃起的熊熊热情。

　　构建一个世界，一砖一瓦，一沙一木，听起来困难，但我们不怕，谁让我们是这个世界的"造物主"呢？

　　不，听起来困难，干起来更困难。

　　如果你确信自己有花费数以年计的时间、精力来构建一个世界的决心，同时在多个学科中涉猎较深，那你可以从一砖一瓦开始搭建。

　　但在这之前，我们仍然应该考虑更"经济实惠"的方法，先搭建起世界的基础框架，并使用一些技巧为框架镀一层外壳，使它看起来像一个真实的世界，而这不会耗费你超过一周的时间。

---

①克林贡语：科幻系列影视剧集《星际迷航》中，克林贡人所使用的人造语言。

②精灵语：《魔戒》系列小说作者托尔金为笔下的精灵们所设计的人造语言。该语言包括多种方言、文字，历经中土世界中的种种变迁，并影响其他种族语言。

搭建虚构世界框架

▶▶场所原型

在故事中，虚构世界是主人公生活和实现目标的地方。

根据场所对主人公的功能不同，可以将场所分为多种原型。

（1）"战斗"相关

• **角斗场。**一个封闭的、强强相争的地方，争斗的一方必须足够强才能获胜。在争斗的"角斗士"之上，还有迫使"角斗士"们参加战斗的人物。发挥你的想象力，角斗场可不只是在斗兽场里的肢体搏斗，它可以出现在任何地方——办公室、家里、学校……而迫使"角斗士"们参加战斗的不只是某个人物，还可以是某种世俗的规则，或者是每个人自己的执念、欲望和利益。

• **试炼场。**跟斗兽场类似，但参与试炼的人总有退出的可能，可能会受到伤害但不致命。想想各种故事里在导师角色的注视下，迎来"真刀真枪"试炼的人物必须拼尽一切赢得胜利的画面吧。孩子第一次独自骑自行车出门，必须注意随时出现的汽车、行人；刚学会掌握超能力的年轻人第一次维护正义；

实习生在公司里第一次参加重大项目；我们也可以说，沉浸在爱情中的每一对情侣，都在接受试炼。

• **练习场**。比试炼场的威胁程度又弱了一级，在这里有导师角色的指导、帮助，也有同学的竞争。人物在练习场要做到的并非胜利，而是完成导师的要求、遵守练习场的纪律（不过我们的主人公总会跟新朋友们一起打破规则的，不是吗），人物还可以在这里学习如何跟个性、兴趣爱好截然不同的人打交道。科幻、战争、动作题材故事中你时常能见到练习场的出现。不过，校园、新人的职场也可以被看作练习场。

• **教化地**。与试炼场和练习场不太一样的地方在于，教化地往往具有强制性、等级性。教化地存在的目的并非帮助人物提高，而是驯服人物，使人物为"规则制定者"服务。

(2) 信息相关

• **情报酒馆**。情报汇集的地方，这里总是鱼龙混杂，主人公来到这里获取情报。不一定是酒馆，还可以是咖啡馆、街巷、某人的家门口，甚至是一艘流浪的星舰。

(3) 心灵与生活之地

• **"家"**。主人公生长的地方。这里藏着主人公快乐的、不快乐的记忆，也往往是孕育原初场景的地方。也可以是"现在进行时"中的栖息地，废土世界中的一辆破房车，流落孤岛后找到的巨船、马厩，甚至是《屠夫十字镇》里安德鲁斯等人为了度过暴风雪而栖身其中的牛皮口袋（不过这可完全不温馨，只是为了保命）！在家里或家附近为人物找个独处的空间，在这里不受打扰，主人公与自己的内心对话。

- **故乡**。如果与故事相关，你可以着重描写这里的风土人情。不过别忘了，故乡中最重要的还是回忆里的那些人。

- **情感港湾**。成年后情感的栖息之所，可以是自己的家，也可以是别的地方。比如电影《搏击俱乐部》中的杰克曾经因为失眠困扰，而辗转在不同的"互助"会议上抚慰自己的灵魂。

- **荒野、公路**。主人公期待荒野或公路是与日常生活截然相反、充满冒险的地方。荒野和公路几乎可以是任何场所原型的集合体，荒野和公路里包含什么，完全取决于主人公即将面临的是怎样的一场旅途。

也许你已经发现，当我们以功能的角度来区分场所原型时，你就已经能够幻想其中可能发生怎样的故事了。

比如，在练习场中主人公从初出茅庐的刺头，到结识了许多伙伴，学会了人际交往的知识，也开始面对自己性格的不足之处，在角斗场中，突然出现的暗箭，嗖——；试炼场中，主人公第一次驾驶飞龙，而面前是张家界天门山那样复杂的地貌；或者是一场遭遇战，敌众我寡，且装备不足，主人公团队将如何胜利？

你甚至还可以转换场景的属性，比如情感港湾变成了角斗场一定会很有趣，或是情报酒馆同时是情感港湾，而后又变成角斗场。

现在，拿出你的累进链条，或者你已经把它发展成了一份大纲、情节梗概，或是分场梗概（在影视剧本中简要概括每一场景中大概发生了什么），看看你的故事大概需要哪些场所原型。

试着根据故事的类型、内容、色彩，还有"故事创意板"上积累的视觉、听觉参考，初步构建你的场所。它在哪儿？里面有什么？

最重要的是，你需要明确主人公将在这里面临什么挑战或阻碍。挑战和阻碍必须跟场景中某些具体的东西联系在一起。

比如，主人公必须学会操控飞船；必须从原始森林中逃离黑熊的袭击；必须抛除顾虑对心爱的人告白。

接下来，让我们看看如何通过调整场所中的元素来帮助我们增加可能的戏剧冲突。

▶▶ 人物的功能性

尽管我们在之前已经讨论过支持人物和对立人物，不过现在，让我们从人物在场所中的功能来看看人物。

相信你早在这之前就已经让人物生动、真实起来了，所以现在无须担心人物太过于功能性——这是你增加人物功能性的时候。

对于任何一个场所原型，我们几乎都能从中找到以下几个方面的重点。

- **看门人**。"喂，停下来，你满足入场的条件吗？"
- **引荐者**。引荐者可以告诉主人公哪里才是主人公找到答案的地方。引荐者也可以带主人公进入场景，绕开看门人。

• **关键信息掌握者**。对于主人公而言，每进入一个场所往往都是陌生的，并不了解其中的规则，如果触犯禁忌很有可能会引来麻烦；或者，主人公必须获得某些信息。这时，主人公必须赢得关键信息掌握者的信任、喜爱，获得信息。当然，主人公也可以通过胁迫等手段威胁一个人告诉自己关键信息。关键信息掌握者可以位高权重，也可以是个熟悉场景的"小喽啰"。

• **导师**。不仅教会主人公知识，还教会主人公做人的道理。不过，导师不一定干干净净地坐在自己的办公室里。小说《基度山伯爵》中，向主人公传授各种知识的法利亚神甫，就是黑牢中神经兮兮的可怜老头。

• **干扰者**。释放出错误信息的人。有时是无意给出错误信息，有时则是对主人公有意见而故意添乱。干扰者还没准备不惜一切代价阻碍主人公，也许以后会，也许误会解开后会跟主人公成为朋友。

• **决定者、规则制定者**。场景中有能力决定其他人命运（当然也包括主人公的命运）的人。在同一场景，可以存在不同层级的决定者，比如公司里的经理、部门总监和总裁。随着故事的推进，你可以让主人公逐步接近最高层的决策者——至于是否从一开始就在花园里见到假扮成农夫的头头，如果你不需要让主人公一关关"打怪升级"，并准备发个"金手指"给主人公，那就做吧。

• **阻碍者**。故事的对立人物。主人公的出现触犯了阻碍者的利益，或是与阻碍者的目标发生碰撞。阻碍者通常具有主场的先手优势。随着主人公逐渐熟悉场景，并在场景中获得助力，阻碍者的优势可能降低——不过，这也意味着阻碍者最终会不惜一切代价消灭主人公。

• **行动执行者。**决定者手下的行动部队。不过这群人可不是铁板一块，试着让队伍中出现极端和动摇、软弱的人。极端的人将会比决定者还要严苛，谁让主人公冒犯到此人了呢？而动摇的人则可能在关键时刻帮助主人公，软弱的人则会是主人公以寡敌众战胜行动小队的突破口。

• **神秘人。**亦敌亦友，身份不明的家伙。也许会给主人公带来麻烦，也许会暗中相助。找到这个人隐瞒身份的原因，以及帮助或阻碍主人公的真实动机。

• **伙伴。**与主人公一同战斗的伙伴。当然，也有可能是爱人。

从人物站在许多场所原型的"大门"前的那一瞬间，故事就开始了。看门人将会怎样阻拦主人公？主人公要怎样通过大门？有时，看门人并不是人或机器人，而纯粹是机关、刀具，或是"门"本身具有的坚固、谜题属性。

想必你也能想到其他功能性角色将会如何给主人公带来阻碍，因为你所看过的种种冒险电影和小说早就让你熟悉这一套流程。你需要做的是分清每个功能性角色所带来的阻碍在故事中占多少比例，你可不想让人物永远被拦在大门外，或是跟着干扰者的虚假信息像个无头苍蝇一样乱转。

你可能担心这将会把所有内容过度娱乐化。无须担心，因为不只我们会看到人物的功能，就连人物自己在每个场景中实现自己的"场景目标"时，也会把其他人物看作"功能人"，这将直接决定人物对其他人物的行动策略。

比如，在美剧《纸牌屋》第一季第一集中，胸怀野心但处处不受重视的女记者佐伊在剧场外偶遇男主人公"下木"。

"下木"盯着她裙子曲线的样子被人拍了下来，被当作笑料发给佐伊。但佐伊立刻明白，她可以从"下木"那里找到突破口。

于是，她果断在心里将"下木"定义为关键信息掌握者，并在行动上提出让"下木"透露给她关键信息，她负责帮他说出想说的话，影响政局。看来"下木"也看到了佐伊的功能所在——隐蔽的媒体行动队员。

此外，你还可以用扭转角色功能的方法来增加更多惊喜和反转。比如，一个看起来是伙伴的人其实是干扰者，是敌人安插进来传递虚假消息的卧底；又或者，看起来是引荐人实际上是决定者。

不过，在扭转角色功能的时候，你应该注意人物动机、人物逻辑的合理性。同时，不要依赖扭转角色功能带来反转，因为总是让人物反转的故事会显得假，观者也会从故事的旅途中"出戏"，总在担心自己喜欢的人物是不是"坏蛋"而无法专注于故事。

▶▶权力世界

在绝大多数故事里，主人公面对世界时只有三个选择：①服从世界规则；②反抗世界规则；③建立世界规则。

但绝无逃离的可能性，因为主人公逃离一个世界，又会有另一个世界规则在等待。即使把自己流放到荒无人烟的地方，也难免面对自然规则的挑战。

绝大多数故事都是力量的游戏。而让你的故事听起来像是童话还是残酷现实的关键在于，什么才是力量所在。

比如，在《冰雪奇缘》这样的全年龄合家欢故事中，艾莎的冰雪超能力虽强，却失控并冻住了自己的妹妹安娜的心，而安娜主动为姐姐挡刀的无私举动却使自己被冻住的心融化——真正强大的力量是爱。

在残酷的现实中，权力和财富就是力量。让我们将这样的世界称作权力世界。权力世界崇尚丛林法则，没有力量的人只能我为鱼肉，因此必须获取更多权力以求自保或是实现自己的目标。

你可以在历史、战争等题材的故事中看到权力世界，并从中看到胆识谋略、尔虞我诈、维持权力等情节元素。在这些故事中，你更多地看到角斗场和"家"这两个场所原型的出现。

角斗场可以是朝堂、政治会议、桌面下的硝烟，而"家"则可以从小家扩展到百姓的大"家"。

你还可以在许多"社会派"科幻故事中看到权力世界。比如小说《美丽新世界》《使女的故事》。

在这些具有社会反思性质的故事中，故事世界看起来与我们生活的社会不大相同，但我们能从中看到深深的共性——一部分规则制定者根据自己的价值观、审美和利益所在，将民众的利益和权利踩于脚下。这些故事反思了权力得不到制衡后，可能会发生什么。

在"社会派"科幻故事中，主人公往往从那个正常的旧世界而来，或是能遇见旧世界的人。因此主人公身上同时具有曾经的"有公民权利的普通人"和在当下被驯服的规则服从者两种身份。

因此，你更多地会看到教化地、角斗场、故乡和"家"等场所原型。主人公在故事中生活的地方不再是正常的社会，而是教化地——以驯服、剥削、利用人物为主的地方。

故乡是指那个曾经"正常"的世界，也是我们所熟悉的世界。而"家"则有两重含义，一重是那个存在于过去的家，另一重则是现在畸形的、破碎的家。

问：权力世界有什么吸引人的地方？

答：在现实生活中，出于潜意识中对安全感的追求，我们会在不经意间（很多时候甚至是有意地）去控制别人，在关系中争夺控制权。比如，我们在孩童时期会通过哭闹来实现自己的目的；在学生时期又会以学习来跟父母讨价还价，获得我们想要的东西；成年后，人的行动和动机更加复杂，我们必须面对种种人际关系的挑战。而权力世界中，那些权力玩家一方面有更强的操控技术，这能帮助我们学习；另一方面，我们也能看到权力带来的危险，这令我们坚定道德信念。当然，最重要的是，无论是正义战胜强权，还是两强相争，都将唤醒我们心中的掌控感。简单点来说，就是——爽。

当你在设定任何世界规则的时候，无论是自然、合家欢的世界，还是科幻世界或是权力世界，你都应该考虑以下几点。

- **"世界"想要满足自己的什么需求。** 对于现实世界而言，规则制定者（决定者）的需求往往是维持自己的利益、权力，并在与其他同等规则制定者的碰撞中获胜。我们对自然世界做拟人化处理，可以将自然世界的规则看作演化生长、物竞天择；而在幻想的自然世界中，我们可以强调这一规则，让动植物进化出惊人的自我保护机制，为主人公带来生命威胁。而在合家欢、"理想型"主题下的美德世界中，隐含的需求是"奖励美德，惩罚恶行"，这意味着具有美德的主人公从一开始就获得了世界的眷顾。世界实际上需要主人公战胜邪恶的反派，所以主人公只要努力战胜反派和自身弱点就好。

由于在美德世界中，主人公只需要战胜人物。而在自然世界中，尽管主人公需要面对大自然带来的阻碍，但最大的阻碍实际上是主人公的意志力和身体素质。因此，我们在这里和下面将着重讨论如何为权力世界设定规则，让我们继续来看。

- **满足自己需求的手段与相关利益群体。** 奖惩、均衡、博弈、给予权利、剥夺权力……你可以从历史、人物传记、管理学，甚至《君主论》和《利维坦》等政治学著作中找到"管理"的手段。注意，别掉进理论研究的陷阱中，把理论当作某位规则制定者的"行为模式"，并试着推演这种行为模式的强化过程。由于规则制定者能够影响的范围太大，行为模式的强化过程不可能再局限在几个人之间，而是在与社会群体的互动中强化而来，因此你将看到的不是规则制定者的心理强化过程，而是整个社会中的多个群体的心理强化过程（从不解、抱怨再到习惯，甚至是拥护），以及为了维护自身利益的相关利益团体的形成过程。

• 对不服从规则者的惩罚（给予服从规则者的奖励）。我们可以利用操作条件反射[①]来启发我们对于奖励和惩罚的选择。简单来说，正强化就是我们熟知的"奖励"，通过奖励某种规则制定者想看到的行为而强化这种行为。比如，小孩子只要好好学习就奖励孩子出去玩。负强化是指当规则制定者看到自己不想看到的行为时，施加一个令人极度不快的因素（但不称作惩罚），而当行为被矫正时，再消除令人不快的因素。比如，在充斥着冷暴力的情感关系中，只有被虐待者"听话"，虐待者才"正常"对待（而不是善待）被虐待者。正惩罚就是我们所熟知的惩罚，比如对违反规则的人实施劳役惩罚。而负惩罚则是指去

[①] 操作条件反射：美国行为主义心理学家斯金纳于 20 世纪 30 年代在经典条件反射（"巴甫洛夫的狗"）的基础上创立的实验。对于本实验是否能够准确解释"学习行为"，存在争议。但在这里，我们只看规则制定者试图以哪种方法令人驯服，但被惩罚者是否驯服则是创作者的选择。

掉被惩罚者原先享有的东西——剥夺财产或自由、降职等，直到被惩罚者听话才会恢复原先的条件。注意，这其中的诀窍在于，无论被管理者所拥有的是什么，规则制定者永远都有"最终解释权"，并有权力随时施予或夺取——你以为这些属于你，但其实属于我，我想怎么处置就怎么处置，你必须听我的。

• **规则制定者的弱点。** 规则制定者并非全无弱点，权力只能使其强大到管理弱者，但不能使其正确，也不能使其强大到管理对手。

规则制定者的困难和阻碍往往来自四个方面。

敌对阵营的阻挠。敌对阵营为了自己的利益和权力，永远在试图消灭对手。两个阵营最好旗鼓相当，但各有所长。在《大明王朝1566》中，如果说严党一派的人胜在积威已久、能哄嘉靖皇帝开心，对待敌人心狠手辣、敢于栽赃，裕王一派的官员就胜在解决民生问题、抗击倭寇、安抚民心。在美剧《亿万》中，金融大亨鲍比飞扬跋扈、以财力及财力带来的信息和资源差一力降十会，而查克则依靠国家和法律赋予他的特权穷追不舍（实际上两人的手段都不干净）。

民众之怒。尽管规则制定者有能力左右民众的生活、想法，但民众同样可以反过来影响当权者，因为民众才是权力之源。正如赵本山在小品《红高粱模特队》中说的那句"没有普天下老百姓的辛勤劳动，吃啥、穿啥"。更何况，没有人愿意做规则的奴隶。

规则制定者的管理能力。越是追求权力、利益、财富却不管被管理者的规则制定者，往往发展策略就越差，这会带来长远的影响。

超出规则制定者控制范围的因素。它可以是自然灾害、疾病瘟疫、武器危机或者是敌对阵营的攻击。由于规则制定者更擅长让人"听话"，却不擅长解决问题，所以超出人类控制范围的灾害总会动摇规则制定者的可信度和支持度。

那么，作为创作者，我们该如何将权力世界转化为故事呢？

权力世界可以说是极好的"故事生成器"之一了。因为权力的世界大圈套小圈，其中有无数个关卡等待着主人公去闯，而每一个小型权力世界中，又掺杂着种种利益关系，以及为了利益而不顾一切的人——这些都是最佳的对立人物。

现在，你可以从以下方面检查一下你的故事。

• **丰富权力层级**。故事是否包括了足够多的"权力层级"？每个"权力层级"规则制定者是否有符合自己层级的利益诉求和力量？主人公往往从较低的权力层级世界中开始，慢慢走向权力的核心。而权力层级越多，主人公的故事旅程也就越长、越丰富。这是超长篇小说或电视剧的最佳选择。

• **主人公的选择**。面对强大的敌人，强行突击是不行的。主人公必须表面上装作驯服，暗地里团结一切可以团结的力量。或者，主人公四处寻找规则制定者的漏洞，想办法推翻规则制定者。但无论是怎样的选择，主人公都必须在艰难前行的同时有所牺牲，这不是童话世界，而是残酷的权力世界。

- **脸谱化的反派。**你的对立人物是脸谱化的反派吗？还是像主人公一样有着丰富的人性？别担心探索那些拥护规则的人物的人性一面是"洗白"，从人物选择压迫、剥削别人的那一刻起，无论出于什么理由，都不能被洗白了。而我们探索这些人物的人性是因为，我们每个人都有这一面，面对困难我们都有可能做出这样的选择——这才是主人公所做牺牲的弥足珍贵之处。

- **再微小的胜利也必须艰难地得来。**主人公胜利得太容易了吗？别担心规则制定者和行动部队带来的阻碍太难战胜，别忘了所有的规则制定者、行动部队等维护权力的人，都有漏洞和弱点——人，都有弱点。更何况即使权力维护者是铁板一块，主人公也可以团结其他一切可以团结的力量。

- **幸运。**在权力的世界里，幸运并不来自你这个"造物主"，但它确实存在。幸运来自人性，来自在无尽的痛苦和折磨中人对改变的希望、对善良的珍视、对信仰的坚持、对自由的渴求、对家人的守护、对人民的承诺。

▶▶虚构世界外壳

　　终于到了给我们的虚构世界加点"外观"的时刻了。不过你现在是不是已经难以抑制写故事的冲动，根本不在乎一开始拼了命想写得宏伟、壮观的虚构世界了呢？先稍微按捺一下，让我们继续用"经济高效"的方法为我们的虚构世界场所建立起的外观，这给人物、观者和创作中的你带来心理效果，让你相信这是真实的世界。

　　首先，拿出你选择的场所原型。从建筑画册、视频、设定原画……所有视觉材料里，找到感觉对的那些材料。没错，别想太多，就找感觉对的。然后，根据你的需要，对这些建筑设计进行一些修改。

　　试着参考以下空间属性所带来的视觉、心灵感受。

　　● 尺寸。空间的大小、高低、纵深不同，会给人带来不同的感受：对于古代人而言，佛殿或是大教堂都巨大而恢宏，令人不由自主感觉自身渺小，从而生出敬畏之心；一个巨大的空间会让人感觉平静，也会令一些人感到恐惧。空间的尺寸对不同的人意义也有所不同：狭窄的空间可能会令一部分人感觉憋屈、烦闷，如果主人公有幽闭恐惧症，那情况会更糟，但对于神话中的吸血鬼而言却是安全的地点。

　　● 空间内"感官信息"的密度。当一个房间挤满了人或是堆满了东西，往往令人感到疲惫，并让人心烦意乱；但空荡荡的房间也会令人心生悲凉、哀伤之情。其他的感官信息比如嗅觉、听觉也会对空间的密度感有所影响，试着感受：嘈杂的市场；热闹的酒席；只有猫头鹰和乌鸦叫声的墓地；一盘舍不得扔掉而发臭的菜；堆成山的尸体……

　　● 开放性和密闭性。一个密闭的空间会引发焦虑、恐惧，阴暗面会迅速放大，比如《闪灵》中的杰克在被大雪封闭的酒店中发狂。如果空间是完全密闭的，没有窗户、门，也没有和外界沟通的工具，你的主人公将会陷入完全无助的状态，这时保持信念和希望逃离将会十分困难。你还可以把房间设计成谋杀案中的密室，这是推理小说中常见的模式。

- **看似开放实则封闭的社会空间。**社会空间是因居住者们聚集，并制定相应规则以表示这片区域属于"他们"的空间。有些社会空间有门禁，比如办公室、学校、住宅楼，没有获得许可的人不能入内。而有些社会空间则看似开放，实则由居住者们的价值观和行为来上锁。在《伊甸湖》[①]中，男女主人公为了周末度假而前往一片开放的森林，但这片森林是附近小镇孩子的"后花园"，孩子们冒犯了男女主人公，但当他们试图教育这群孩子时，却遭遇孩子们的疯狂报复和虐待。于是开放的森林成为无法逃脱的、密闭的处刑地。

- **空间的符号意义。**你的空间中是否具有符号性的陈设？比如祭坛、龙椅、花纹等。在这里，观者除了感受到空间本身，也会感受到符号背后的内涵。比如古代的大臣在见到空荡荡的龙椅时仍然会感到敬畏，而现代人看到大屠杀纪念碑则会联想到真实发生过的大屠杀，并因此产生复杂的感受。

- **自然元素。**自然元素往往处于空间外，但在空间内如果有窗口，你同样可以感受到自然元素，风来、雨落、云卷、雾散。自然元素可以看作任何空间（密室除外）的延伸，因为主人公在特定空间内仍然可以感受到这些自然元素的存在。自然元素是间接表达情绪的最佳方法。

---

① 《伊甸湖》(*Eden Lake*)，于 2008 年上映，是由詹姆斯·瓦特金斯自编自导，凯莉·蕾莉和迈克尔·法斯宾德主演的惊悚电影。

接下来，是创作者的魔法时刻。我们将让场所和景物变得有生命力。不是靠什么优美的文笔（只需要一点点），而是从人物充满感情的视角看待场所。

比如，在《包法利夫人》中，爱玛去侯爵家参加宴会。这可是她一直梦寐以求的地方。在她的眼里，这里美极了，像是画里的场所，她多希望这是她的家。

> 古堡是意大利风格的现代建筑，两翼前伸，三座气派的台阶紧连一块大草坪，草坪上有几头乳牛，两边有几片疏落有致的参天古树，蜿蜒的细沙小径两旁，密密匝匝丛生着灌木，参差不齐，都是杜鹃花、紫丁香和绣球花，小桥下淌着一泓清溪。
>
> 透过晚岚，依稀可见一些草房，散落在草甸子上，一边一座坡度平缓的小山，覆盖着树木；后面密林掩映间，露出平行的两排库房和马厩，是已拆除的老古堡遗留下来的。

再来看看福克纳在《我弥留之际》中，以特尔的视角描写残破的家乡。

> 棉花房看上去四四方方的，搭建材料是比较粗的圆木，原先填充在木头之间的填料早就已经掉下来了。

> 屋顶是单斜面的，已经有些残破了，在阳光的照射下，整个屋子就像一个人扭着身子蹲在地上，呈现出败落的迹象。屋子里面空空的，在前后的两面墙上分别开着一扇宽敞的大窗子，窗子正对着屋前屋后的小路。

这就是"经济高效"之处，我们不需要构思整个世界，只需要构思主人公看得到的、摸得着的、感受得到的，也能影响主人公生活和命运的地方。

实践手册：描绘具体的场所和景物

▶▶选择具体地点的诀窍

（1）一致

对于绝大多数人而言，特定的空间属性给人带来的感受是类似的。比如当人看到黑暗的地方会害怕，看到光亮的地方会安心，看到过于嘈杂的地方会感到烦躁。

这是因为人类对空间和事物的感知已经通过基因被遗传下来。同时，因为我们时刻处在社会和文化中，对于特定地点和事物的情感、看法被继承下来，比如中国人看到天安门的感受与外国人游览时的感受往往大不相同。

你可以利用这点。如果你想在观者心中唤起某种特定的情感、想法，你不需要苦思冥想一个特殊的地方，只需要回顾现实或是其他的作品，找到那个能唤起类似情感的地方。

比如，想到"温馨的家"所带来的温暖感受，那么这样的画面可能会出现在你的脑海中：在暖光下，一家人正吃着热饭、热菜，念叨着生活琐事，客厅传来电视剧播放的声音……

不过，不假思索地挪用那些具有"代表性"的地点和画面，可能会让你的地点设定陷入僵化、俗套、不真实的困境中。

这是因为文化中的"画面—情感"的联结关系同样由人制造出来，并运用在广告、影视剧、小说中。

部分创作者为了最大程度唤起观者的某种情感，往往会抹除不同人经历和感受的差异性，只留下那个万无一失的"原型画面"（这在广告业和三流故事之中尤为泛滥）。这就形成一种奇怪的现象——绝大多数人都会被那些"标准"的"原型画面"所打动，但几乎没有人在现实生活中有过一模一样的经历。

因此，如果你挪用这些"原型画面"到故事中（当然也包括地点设定、人物设定等），故事会显得不真实。

利用"画面—情感"联结的一致性并无不妥，这可以让你的视觉信号更容易被观者感受并理解。想要避免僵化俗套的问题，除了上面提到过的满足情节、人物和观者的要求，你还可以试试下面的两点。

• 寻找视觉元素和情感之间的本质性联系，并从本质发散。

"一家人吃着热饭"是表面，而这一画面中有两个视觉元素，"一家人"意味着团聚，"吃着热饭"意味着规律、稳定的生活，或是一种温暖的感觉。那么，你想表达"温馨的家"，绕过刻板俗套的一家人坐在自家餐厅吃饭吧，你可以试试这样：一家人各自有各自的问题，但为了家里孩子的梦想还是坐上了同一辆车，前往孩子的梦想之地。

或者，某家满门忠烈，一家人的遗像都摆在殡仪馆中，下面摆满了别人送的花圈、果盘。尽管这家人全牺牲了，但遗像上的他们都灿烂地笑着。仿佛在此世他们志同道合地一同奋斗，而在彼世，这家人的精神仍然会将他们联系在一起。

• **加入风格特性**。你还记得你对这个世界的氛围、基调的设想吗？如果你已经做好了故事创意板，把它拿出来。一边听着你为故事世界选择的音乐，一边试着寻找符合你故事的地点，或是为某个普通的地点加入特殊的氛围、灯光、色彩、布景。比如，使用光线和色彩的大师纳博科夫在撰写《洛丽塔》时，即使只是写路上途经的美术铺子，也用大量色彩展示出这间铺子的个性：凌乱橱窗中陈列着色彩过于艳丽混乱的版画。并对版画上的怪异火车头和大草原、烟囱冒出的黑烟、雷雨云进行了简洁但细腻的描写。

（2）反差

问：有没有什么简单而巧妙的方法，可以让我快速选择一个有新意的地点？

答：为人物选择有反差的地方。注意，这个反差不仅是对观者而言，更重要的是与人物的认知或预期形成反差。如果人物在意想不到的地方体验到了自己觉得珍贵的东西，对人物自己和观者都会带来更大的情感冲击。

有新意的地点并不是绝对意义上的"全新"的地方，而是同时为人物和观者带来惊喜的地方。

接下来，让我们更进一步，看看地点选择上的"反差"如何实现更多戏剧功能。

让我们假设亨利是个虔诚到过分的年轻教徒，他从小就相信《圣经》以外的书都是邪恶的，不去教堂的人自然都是不可交的人。然而，他意外成为犯罪嫌疑人，所有的疑点都指向他，一时间没人相信他。当他再次进入教堂，却被其他信徒的窃窃私语逼走。

这里就造成了第一重反差，他曾经认为是至善之地的教堂排斥了他。他决定自己查清楚真相，洗刷自己的冤屈。

在这个过程中，他进入了自己曾经最讨厌的地方——酒吧、夜店、混乱的街区、坏孩子们聚在一起的地方，却意外认识一个女孩，在她身上他见到了某种神性。这就是第二重反差，他在曾经以为邪恶混乱的地方发现了善良。

(3) 重回和渐进

同一空间的多次出现可以实现不同的效果。

在影视剧剧本的创作中，这种手法不仅经济实惠，同时还能展现创作者驾驭信息的能力——你并不需要数不清的场景才能让主人公成长，也不需要令人眼花缭乱的地点来讲一个复杂的故事。

在悬疑作品中，你可以数次回到同一地点，但每次在回顾旧内容的同时，也揭露更多的新信息。而即使是重复展示旧内容的片段，但在其他场景中获得新信息的观者，将会在看同样内容时产生不一样的感受。

比如在《记忆碎片》中，主人公莱昂纳多的活动空间屈指可数，宾馆、咖啡厅、娜塔丽的家、废旧居民楼、文身店等。但每次重回同一地点，我们会在获得新信息的同时，对之前发生过的内容有新的理解。

而在《为了N》①中，主人公和伙伴们在杀人现场的场景也被数次播放，每一次都会增加在这之前和之后发生的事情。

人物多次在同一空间经历不同的事情，则会让空间对人物的意义发生改变。

当某个重要事件即将发生的时候，先别着急构思新的场所，试着回到出现过的场景中吧，为它赋予新的意义。

同一地点，却物是人非，这会在观者心中留下更加强烈的印象。

▶利用布景和物品实现戏剧功能

一个场所内的布景和物品不仅仅是摆设，就像故事中的所

---

① 《为了N》于2014年首播，是由冢原亚由子和山本刚义导演，凑佳苗和奥寺佐渡子参与编剧的日剧，改编自凑佳苗的同名小说。

有元素一样，它同样可以带来戏剧功能。

（1）家：**性格的外在显现**

首先，每个人的家就是其内心世界和生活状态的外在显现。当你选择室内陈设时，试试调整下面的元素。

• **摆放**。整洁还是凌乱，东西如何摆放？如果你的主人公有强迫症，那你大概会看到所有东西都按照大小、颜色整齐地排在一起。

• **家庭关系**。如果主人公跟家人住在一起，公共区域是哪里？每个人最喜欢的地方是哪里？哪里曾经有过争吵？你是否能听到爸爸最爱的瓷器被摔碎在地的余音？家里人会一起看电视吗？地上是否有孩子的玩具？

• **植物**。是否有植物？是什么植物？植物的状态如何？

• **生活习惯**。如果主人公抽烟，桌子上用什么当烟灰缸？如果主人公喝茶，是否有精致的茶具？主人公喝酒吗？

• **荣誉**。主人公最引以为傲的荣誉是什么？奖杯、奖牌都被摆在哪里？

• **衣橱**。衣柜里都摆着什么衣服？衣服有多少？衣服的质地如何？是装满了昂贵服饰，还是只有一套用来撑场面的、不合身的西装？（如果说一个人的房间是内心世界的展现，那么衣服就是一个人希望外人怎么看待自己的体现。有时，你也可以制造反差，比如《亿万》中的金融巨头鲍比几乎从不穿西装，只穿T恤和连帽衫，这展现了他不循规蹈矩的性格。）

• **秘密**。主人公是否写日记？藏在哪里？衣柜深处是否藏着什么秘密？

• **重大意义。**曾经对主人公有着重大意义的东西在哪儿？是否已经丢到杂物间落灰？（你可以有多种方式利用它，比如在主人公迷茫的时候，给主人公一个收拾房间的机会，让过去的东西提醒主人公勿忘初心。）对主人公现在的生活有重大意义的东西是什么？它将如何被对立人物破坏？它能否为主人公带来威胁？（比如，主人公是个卧底，一直试图隐藏家人的样貌，但主人公偷偷藏了一张跟家人的合影在关公像下面。某天他回家，发现关公像下面的照片不见了……）

现在，环视你的房间，以参观者的角度分析你自己，看看房间究竟可以透露多少秘密。

（2）紧张感：定时炸弹

增加紧张感的最佳工具是什么？

一个正在倒计时的炸弹被藏在厕所的隐蔽角落。观者早就知道这个炸弹的存在，可主人公还在跟朋友喝酒聊天。

嘀，嗒，嘀，嗒，嘀，嗒……

你的心揪着，尽管你知道主人公一定会发现，但你仍然会在心里催着："笨蛋！别再喝酒了！快点检查一下你家厕所，里面有炸弹！"

在故事创作中，定时炸弹更像是一种隐喻，它指代着任何具有以下特征的东西。

• 被预先藏在某个地方，或是本来就在那里（可以是某人的家，也可以是银行等公共场所，但东西不一定是坏人放在那里的）。

- 倒计时。

- 能带来巨大的物理伤害。

- 必须拥有专业能力才能解除危机。

你的"定时炸弹"可以是失控的火车、即将喷发的火山、朝着地球袭来的陨石、一只被打了安眠药随时可能苏醒的猛兽，它甚至可以是一个人，这个疯狂的家伙手里握着大规模杀伤性武器的遥控器，如果主人公不在规定时间内满足这人的要求，全城的人都会因此丧命。

（3）趣味感：利用日常生活中的物品

你不需要专门设计什么物件来增加趣味，生活中的一切就已经足够有趣，你需要让主人公发挥自己的机智和生活情趣，将寻常的东西变得有趣。

你可以从动作电影中找到大量灵感，而成龙可谓是这方面的行家。在他的电影中，平底锅可以敲出节奏、盘子可以变成暗器、梯子可攻可守、任何家具都可以用来投掷。

你还可以让一件普通的东西引发乱子，热闹而有趣。

在伍迪·艾伦创作的电影《安妮·霍尔》中，女主人公安妮·霍尔与男主人公艾维在家中烹饪龙虾，但龙虾爬得遍地都是。

艾维那知识分子的头脑应对不了龙虾这种长着吓人双钳的生物，他不停抱怨着，四处躲藏。艾维甚至还过度反应，拿起一根长棍四处挥舞着，却只打碎了吊灯。

而安妮·霍尔反而不怕，拿着龙虾吓唬艾维，还逼迫艾维举起龙虾以方便她拍照。而这一切不仅趣味十足，也展示了两位主人公的性格特点。

最后，你的确可以为故事设计有趣的物品。

比如电影《非诚勿扰》中的分歧终端机。除非你在创作《蝙蝠侠》《哆啦A梦》或是特工电影那样道具丰富的故事，否则通常你只需要设计一件有趣的物品就够了。别忘了，故事才是重点。

▶▶描写的花样技术

景物就在那里，你很难改变。你可以控制的是怎么写，怎么抓住观者的注意力，怎么控制节奏让观者不知疲倦地继续看下去。

在景物描写中，比起平铺直叙，你可以试试下面的技巧。

• **动静结合。**在静态的画面中插入动态的东西，动态的画面中加入静止的东西，这样可以缓解视觉疲劳。

• **长短句结合。**长句子需要更多耐心和精力去阅读，试着把长句子变短，这样可以让人的目光飞快地捕捉不同意象。但也不要过度中断你的句子，这会让人变得暴躁。

• **五感。**利用多重感官可以让你的故事更有临场感，就好像现在你的腰因为阅读太久而隐隐作痛，你扭扭腰，它发出吱吱的声音，像是没上油的铰链。

• **客观色彩。**从全知全能的视角看到的色彩。没有个人视角的情绪，但就像电影中的空镜，让观众暂时放空思想、暂停思维、短暂休息。这大概是你仅有的展现自己优美文笔的机会了。

• 隐喻、明喻、暗喻。使用的时候要小心谨慎，如果过度使用就会像一坨变质的黄油，腻乎乎地堵在观者的脑袋上，很快就会让人感觉像是吃了一百斤肥肉一样难受，恨不得躺到坟墓里去消化。但如果一定要使用，切记要让它适当出现，并揭示人物性格或暗示其命运。

• 典故。如果使用典故，最好符合故事背景，不要在一部历史小说中引用《银翼杀手》或是《三体》。也不要在以唐朝为背景的故事中引用《红楼梦》或是莎士比亚的作品，前者不符合时间顺序，后者不符合文化背景。

• 景别转换。是时候从电影中偷学点儿技巧了！在一段描写中，切换远景、中景、近景和特写，尽管观者可能意识不到，但观者的脑海中会出现电影一样的画面。试着像导演和摄影师一样看电影吧，学习景别切换的技巧。

• 借人物之口反映出场景，而不是直接描写。"你看到那边的山了吗？它让我想到了我的爸爸。"

• 意象选择。选择符合人物特征和命运的意象。比如在描写林黛玉的段落中，插入被倒拔出来的垂杨柳就会很奇怪。如果人物最终因为贪婪而自取灭亡，那么在前面出现飞蛾、苍蝇、一只过于好奇20层楼下面是什么的猫都可以理解，可是一棵郁郁葱葱的树、一个脏兮兮的皮球、一辆童车？还是算了吧。

让我们看看福楼拜在《包法利夫人》中如何将景别、动静、长短句、客观色彩结合在一起。

雨停了，晨曦初露，光秃秃的苹果树枝头，宿鸟栖息，一动不动，短短的羽毛在冷峭的晨风中抖动。

平坦的原野，一望无际，村落周围，密层层的树木，形成紫黑色的点子，星罗棋布地点缀在灰蒙蒙的大地上。天边，大地融进天的灰暗色调。

再来看看雷蒙德·钱德勒在《漫长的告别》中如何将动静描写、感官描写、相对较长的句子、充满象征意味的"苍蝇"结合在一起。注意，这里苍蝇飞起来、发出嗡嗡的声音，又落下，三个短句，正好包括了完整的一串动作：开始、经过和结束。钱德勒优雅而自然地利用了苍蝇最终落下又回归静止的画面，为这段描写画上了休止符，而不是让这段描写突然结束，直接进入下一段。

厄尔慢慢地站起来。他若有所思地打量了维林杰医生一眼，烟灰色的大眼睛里没有任何情绪。

他转身爬上台阶，拉开纱门。苍蝇像乌云似的腾空而起，发出愤怒的嗡嗡声，门关上后又纷纷停在纱门上。

也许你还有些问题想问。

问：我该怎么决定进行多少景物或场景描写？

答：你应该明确你的写作体裁。在电影和电视剧剧本中，你可以描写景物，但一定要简洁精练。在戏剧剧本中，你需要注重布景之间的空间联系、关键物品。我想，你应该是针对小说创作进行提问。

第一，你需要考虑这是通俗小说还是纯文学，纯文学往往会在景物描写上花费更多笔墨。第二，你需要注意这个场景的作用。第三，注意上下文的节奏。景色描写越多，节奏越慢。在风景中增加动态或是行动则可以加快节奏，比如主人公在追踪动物，或是奇异世界中的植物在运动。

让景物描写抓住人注意力的最好方法是，在景物描写中穿插人物行动、想法、对话，同时景物本身也在发生变化。这时，景物就成了旅途的一部分、冲突发生的背景、人物反思的镜子，而不单单是一幅优美但乏味的风景画。

在《屠夫十字镇》的绝大多数篇幅中，主人公安德鲁斯都在荒野和群山间。你会看到他随着猎杀野牛的队伍一边行进，一边感受到群山的呼唤。他们会突然停下，会看到地上的踪迹，而后老猎手米勒就会介绍这是牛走出来的路（解释说明，为观者提供了新信息，这会让其注意力集中）。

有时，他们会催马快行（运动的快慢同样会调整节奏）。有时候他们又会停下来静静观察。而即使是这些行动中间穿插着的、一两句话的景色描写也发生着变化——群山有时耸立在傍晚"黄蓝光线的照耀下"，有时呈现"深蓝色"，而随着他们进入山林中，山又发生变化——"他抬起眼睛，顺着山体表面，看到山势陡峭上升。此时，松树林的印象消失了，甚至山本身的印象也消失了。他只看到一个由松树叶和树枝织成的深绿色垫子"。

对于景物描写，向来没有标准答案。如果你想要提高，无他，唯多看、多感受、多写尔。

第六章

冲突与行动

在故事写作中，每个人都在谈论冲突，但很少知道应该怎样实现冲突。

在讨论冲突之前，先来看一个故事片段。

白菜瞟了一眼墙上的钟表。手里的这把牌已经打了三个小时了。房间里安静极了，静到对面老头身后的那幅《龙潭图》都传来微风和水波的声音。他擦了擦头上的冷汗，努力把眼神聚焦在牌上。

在脑海里又盘算了一次出牌顺序，白菜知道自己没有赢面，可他已经退无可退了。

"如果你想继续盯着牌看，我允许，"对面的老头说，"但是，你敢来赴会，我还以为你很勇敢。"

"勇敢不代表鲁莽。"白菜故作冷静。

其实白菜有点后悔。四个小时前，他跟女朋友魏蔚已经办了值机手续，准备远走高飞。但快进安检的时候，他看到魏蔚悄悄哭了，他问她怎么回事，她说担心再也见不到爸爸了。于是他毅然决然地来到了这里。

"红桃3。"

"你这是准备破罐子破摔了吗？"老头甩出一张黑桃4，"别忘了你奶奶的那套房已经抵押给我了，不再最后试试吗？"

"在绝对的优势面前，你那些技巧根本没用，"老头说，

"而且你只不过是在高中的时候擅长玩牌，我调查过你，这么多年你从没碰过牌，技术早就生疏了。"

"我答应过我妈再也不碰牌了。"白菜的手放在那张方片8上轻轻摩挲着。

"在这件事上，我承认你是个男人，为了给奶奶看病筹钱去玩牌，把自己玩进了监狱。可等你出来了，竟然愿意找个普通的工作，过踏踏实实的日子，你以为这样就可以为你奶奶的死赎罪了吗？"

白菜摆出自己的扑克脸，牌逐渐让他重新感受到当年的力量。

"方片8。"

"梅花2。"老头打出那张牌后，就把手里最后一张牌扣在桌子上，笑着说，"年轻人，即使有技术、有勇气，但在绝对的优势面前，你什么都不是。"

白菜猛地站起来："这不公平。你那边的风水好。从一进门我就看出来了，你身后的那幅画中有龙潭，聚财，你身上又文着龙，正所谓如鱼得水、飞龙在天。"

"蔚蔚连这事都告诉你了？可惜你没有运气，没有实力，也不够勇敢，总有一天她玩腻了，就会找下一个男朋友。而你，为了一个女人，什么都没了。"

"跟我换座位。"

老头像是听到什么有趣的事情，大笑不止，笑得他都咳嗽了才说："小伙子，你只有一张黑桃3了，我手里还有一张大王，你不会蠢到连牌都算不出来了吧？"

"万一有奇迹呢？"

"不见黄河不死心。"

两人换了座位，但换座位的时候，白菜突然发晕，不小心撞倒了老头。恍惚间他感觉站在他身后的那两个彪形大汉准备动手了。

白菜坐下，深呼吸，把那张黑桃3贴近胸口，以前每次这么做都会带来好运。

"你知道我在监狱里那两年学到了很多东西，比如与我同间的那个怪老汉，是个用毒的高手，他教会我怎么在不知不觉间下毒。你现在是不是感觉胸口发闷？没有我的解药，你一个月内就会死。"

"傻小子你疯了吧，我不信……"这么说着，老头突然捂住胸口。

"把我的房子还给我，还有，不要干扰我和你女儿的恋爱。"

老头盯着白菜。白菜的目光坚定极了。

"这些都是你一开始就计划好的吗？"老头试着站起来，又突然瘫坐在椅子上。

白菜又摆出那张扑克脸。

"行，我答应你。"

白菜打开门，魏蔚冲了进来抱紧他。"怎么样，赢了吗？"魏蔚问。

"你还不快把解药给我！"

魏蔚跑到老头跟前，老头现在嘴唇发白，浑身发抖。

"你把我爸怎么了？！白菜，我告诉你，我爸要是有个三长两短，我第一个宰了你！"

白莱走到一旁的吧台，倒了一杯水递给老头说："喝了它。"

老头喝了水，魏蔚在一旁轻轻抚着老头的后背。

"你告诉过我你爸有高血压，虽然装作很有威严的样子，可是三个小时没活动过，也没怎么喝水。在一个空气不流通的房间里待了这么久，又被我撞倒了，他起来一定不好受。他迷信风水，这会让他相信那些虚无缥缈的事情。我没有下毒。"

"你赢了，小伙子，"老头在魏蔚的搀扶下慢慢站起来，伸出自己的右手，"但如果你敢欺负我女儿，我不会再像这次一样手软了。"

白莱握住他的手，却握得很紧，老头想抽都抽不出来。

"没问题。但我的确在监狱里认识了不少奇人异士。"白莱咧开嘴笑了，笑得十分灿烂。

在这个片段里，技术上该具备的元素似乎都有了——人物行动、悬念、背景故事、失去某物的风险、目的、挑战，一个看似懦弱慌张实则机智勇敢的主人公，一个占尽优势却有弱点的反派，不到最后猜不到答案的惊喜，你甚至还能看到对《龙潭图》、魏蔚身份和白莱牌技的铺垫和转折，和白莱这个自带"白来"悬念的名字。

但哪里不太对劲。

他们就像是一群蹩脚的演员，你从他们身上根本感受不到真实的情感，更感受不到他们的生命力——他们只是一群尽责的傀儡，按照创作者的要求行动，说出每一句台词。

就连故事本身都没什么意思，令人觉得拖沓、乏味、无新意。

问题到底出在哪里？

正式开始写作

▶▶ 准备

拿出你之前构思的所有内容，唤醒你对故事世界的种种感受。

先感受一下故事创意板、对虚构世界的视觉化构思，感受故事世界的氛围。

再拿出所有跟人物有关的内容，行为模式发展表格、人物自白、人物的"十分钟"等，回顾人物曾经讲述过的经历，以及当你问"在你年轻、无忧无虑、心比天高的时候，你最渴望的是什么""那现在呢"的时候，人物的神情。

现在，拿出你的累进链条，在心里过一遍，看看哪里有逻辑不顺的地方。

当你看的时候，尤其注意自己的感受，哪里很顺，哪里突然停了一下，然后你感觉内心中懒惰的、逃避的自己偷偷把那个坑用灰填满了。

别逃避，站在那个坑面前，找到其中的问题——通常是人物前后的行为逻辑不符合人物的原初场景、目标动机，但符合你对情节的构思。也就是人们总说的"缺乏人物逻辑"。

调整它。然后随之调整累进链条。

如果你愿意，可以为故事写下分场大纲，也就是每个场景中都发生了什么。这同样适用于小说。

注意，分场大纲的作用不是机械地复制累进链条中的内容。累进链条固然重要，但在故事阶段它往往显得不够长，中间还有大量空隙。

因此，分场大纲在包括已经确定的部分以外，还要扩展、填充累进链条中缺失的细节——人物在每一次行动前后，都经历了怎样的情感变化，行为模式（性格）如何有逻辑地发生变化，或是一步步折磨别人也把自己推入深渊？

整个"准备"过程可能会持续一周，但不要超过一周，否则就是拖延。在这段时间里，做这些事：

- 反复预演具体的故事。
- 感受人物在每一步的情感。
- 想想怎样可以使人物的情感变化更真实。
- 让每个事件都撼动原初事件，但人物忽视或重视了信号！

别做这些事：

- 担心自己能不能写好。
- 试图将看过的情节借鉴到自己的故事里。
- 为了接下来的挑战，先奖励自己，再奖励自己，继续奖励自己。

你会突然有种感觉，想要立刻坐到桌子前开始写作。但不是灵感准备爆发的感觉，而是这样一种感觉——故事的路仿佛已经在你脚下铺开，而你只需要站起来往前走就好了。

站起来，坐到桌子前，开始写吧。

▶▶步步为营

回顾本章开头的小说片段，你能看到作者在写的时候有大概的目标：一个惊险刺激的故事、很多悬念、呈示、转折、机智的举动等，但故事的一切内容都是边写边想得来的。

回看那个片段，你会感受到故事一开始很平淡（因为作者在一边写一边想），而后突然有所推进（突然想到了"有戏剧冲突"的情节），又开始平淡（继续想），到了大概3/5的部分，故事变得有点精彩（总算想到了"精彩"的情节），但很快又变得拖沓（没想好怎么结束，一边写一边想，而且觉得精彩不够长，想延长却无以为继），最后，解开谜题（我真聪明，想到了这些）、结束（总算结束了）。

可以把这种写作方式称作"磨盘碾压式写作"。

它的特点是，写作的时候感觉大脑犹如被磨盘碾压，使劲从脑子里挤出故事。挤不出来就先随便写着，期待着有灵感降临。但为了逃避这种被碾压的痛苦，你的潜意识会一边寻找一个看起来还行、似乎满足写作技术要求的情节，一边拼命说服你"就是它了"。

等你好不容易写完，像是从漫长的征战中归来，你已经精疲力竭，更无法接受自己经过如此痛苦的写作过程，写出来的东西不行。

你说服自己——我经过这么漫长的努力，还写出了几个高光时刻，观者会体谅我的。

于是，一个烂故事诞生了。

但我们的目标是写出一个所有故事元素协调配合，看起来"就应该是这样、想不到其他写法"的好故事。

我们需要步步为营，在理性的故事规划和感性的人物情感表达之间找到平衡。

为了避免"磨盘碾压式写作"阻止我们达成目标，我们需要调整写作方法。写作需要构思，甚至需要在纸上写出构思，这无可避免。但我们可以把构思部分和正文分开。

可以试着将文档划分为两半，一半是你希望在这个场景中写什么、达成什么目标，你还可以写下故事片段，而当你感觉写得差不多没问题的时候，再在另一半写下正文（如表17）。

表17

构思	正文

换句话说，你把思考的过程挪到了"构思"栏，而不是在写作正文时碾压着脑汁琢磨。在接下来的内容里，你将会看到许多"检查事项"，你可以将它们填入构思栏中，提醒自己故事是否缺失重要部分。

冲突与行动

冲突的本质是人物和对立人物之间因为目标不一致而产生的碰撞。

在具体故事的写作中，冲突是：一个人物冒着失去……的风险，希望可以通过……的方式实现……的目标，在这个过程中，人物将与怀着……目标的对立人物发生一连串碰撞（对抗），在场景（或序列、幕、整个故事）结束时，对抗造成了……的结果。

冲突包括目标、风险、阻碍、对抗和结果五个要素。

• **目标**。驱使人物行动的原因，人物想要实现的结果。通常来自人物的原初场景。目标可以勾住观者兴趣。

• **风险**。人物的行动、不行动都有可能导致得与失，得失将搅动人物的生活、命运和内心。有时也被称作"赌注""威胁"。风险越高，戏剧张力越高，这是因为它在搅动人物内心的时候，也攥紧了观者的心。风险可以使观者更关心人物。

• **阻碍**。由于主人公目标与对立人物的目标发生碰撞，为了实现自己的目标，对立人物将对主人公阻拦到底。阻碍可以使观者不停看下去。

- **对抗。**主人公与对立人物之间发生碰撞的过程，故事的"现在进行时"。对抗是一切故事表达最重要的工具，展示人物、揭露内心、呈现主题……对抗是故事的精彩所在，观者最期待的内容。

- **结果。**对抗结束后的状态。主人公是否实现了自己的目标？人物关系和情感发生什么变化？

下面，让我们在具体的场景创作过程中，看看冲突的五要素如何构成故事。

▶▶目标

也许你以前在构思每一个场景的时候，都会绞尽脑汁地思考"在这个场景里发生了什么"。现在，让我们换用冲突五要素来考虑这个问题，你会发现当冲突五要素的问题都被回答了以后，你就有了该场景的故事内容。

在这个场景里，人物想要实现什么目标？冒着怎样的风险？遭遇了怎样的阻碍？主人公如何对抗阻碍？最终结果如何？

我们早就知道了故事的累进链条、人物最高目标、行为模式，以及对立人物的目标和行为模式。现在我们要做的就是将累进链条和最高目标分解为一步步的小目标。

好消息是，分解小目标比你想象的要容易。小目标分为两种：

人物主动实现的目标和人物面对对立人物的挑战而设定的目标。

目标可以用**动词+名词**的组合来表示，你还可以加入目标的对象（人物）、时间、地点等元素来使目标更加明确。比如，获得老师的认可、赢得暗恋对象的好感等。

（1）序列目标

现在，让我们从最高目标开始，逐渐分解出中目标和小目标。最高目标对应整个故事，中目标对应序列，而小目标则对应场景。

如果用"动词+名词"来概括最高目标，比如"报复仇人""洗刷冤屈""改变缺点""获得真爱"，你会发现每个最高目标下所需要的行动大概都具有相似性。

以"报复仇人"为例，主人公通常都需要经历这番过程：被仇人夺取重要的东西，人生跌入谷底，获得能力，开始搜寻仇人线索，分辨正确和误导性线索，明确仇人是谁，接近仇人，积累复仇力量，最终复仇。

试着对比《基度山伯爵》《记忆碎片》和西班牙悬疑电影《看不见的客人》，你会发现复仇故事几乎总是遵循类似的流程，有时创作者会截取整个复仇环节的某些部分而不展露复仇的每一个环节，或是对复仇中的某个环节进行颠覆，但大体而言仍然遵循这一流程。

这样的流程中的环节就是中目标，也就是每个序列中的目标。你可以从最高目标分解，也可以从故事累进链条中找到中目标。

有时，你可能需要把累进链条中的单个环节转化为具体的"动词+名词"的形式。

比如在《主题》一章中出现的《包法利夫人》的累进链条中提到"婚后，爱玛发现夏尔并不像自己期待的那样，能够提供给她期待的生活"，你应该将它转化为"爱玛在婚后要求夏尔提供自己期待的生活"。

你可能会误以为类似的"情节流程"是种俗套而试图颠覆。但这并非故事套路，而是想要实现某个目标的必经之路，这是由事情发展的规律，以及主人公必须解决的问题所决定的。

（2）场景目标

当我们将序列目标分解为场景目标的时候，就需要从普遍进入具体。

场景是故事发生的"现在进行时"，必须包括时间、地点、人物，因此，在场景目标中，你必须将目标中所需的元素扩展至"人物+地点+时间+动词+名词"。

比如，在《盗梦空间》的开场中，主人公柯布被带到齐藤面前，齐藤说自己想起了过去曾经见过柯布的陀螺，随即回忆起过去。

在齐藤更年轻的时候，西装革履的柯布在齐藤面前推销自己的梦境训练，讲述梦境防御的重要性，但很快周围的环境发生波动，这是一个梦——单看这个场景，我们可以得知柯布的目标是"在梦境中推销梦境训练"（但很快，在随后的几个动作性极强的场景中我们可以看出，柯布的真实目标是获得齐藤先生的信任，以减少梦境中的阻碍，最终盗取齐藤的机密）。

想要学习如何分解目标并为每个场景确定目标，最好的方法是观察所有优秀故事中的人物在场景中的小目标。不仅仅是主人公的，也包括其他人物的。

让每个人物都带着目标进入场景，将会使每个人物都更加生动立体，而不是作为刻板的工具性人物出现。同时，每个人物的目标都会帮助你塑造出更好的阻碍。

▶▶风险

戏剧张力，一个我们都熟悉但都搞不太明白的词。但我们知道，它会使故事更有意思、更紧张，让人感觉心被抓住、被拧紧。

想象有人蒙住你的眼睛，押着你走了好长一段山路才停下。你听到"呼呼——"的风声，这时，眼罩被摘下来，面前是个悬崖！身后的人问你："最后还有什么要说的吗？"你想说的还有很多，但一时半会儿你想不起来，刚准备开口求饶，那人猛地一推，你努力控制平衡但还是掉了下去……幸好！你抓住了悬崖的边缘！但是那人的脚即将落在你的手上……

闭上眼睛，感受这种性命攸关的感觉……突然，你的家人碰了你一下。"你干什么呢？"吓了一跳吗？记住这一连串的感觉。

这种即将失去什么的恐惧，就是风险的感觉。当观者共情于主人公的时候，看到主人公即将失去什么，观者就会感受到这种恐惧，从而紧张起来——这就是戏剧张力在观者身上的情绪效果。

　　为观者带来这种感受的不仅仅是对立人物，主人公同样会带来这样的感受。主人公在做出任何选择的那一瞬间，就已经从两个或多个选项中，选出了对自己更重要的，但这不代表另一个不重要了。

　　比如，《大明王朝1566》中的海瑞在选择揭开嘉靖皇帝的政绩遮羞布的时候，就必须面临嘉靖的怒火以及自己死亡的风险；《冰雪奇缘》的安娜在寻找姐姐的时候，就不得不面临姐姐像以前一样回避她、让她感到痛苦的风险；《包法利夫人》中的爱玛在借债的时候，就必须面临贷款消费越来越多，最终债务崩盘的风险；《盗梦空间》中的盗梦专家们在盗梦中都会面临堕入迷失域的风险。

　　已知未来可能会发生什么，人物选择了顾此，而必须面临失彼的可能性。这种风险通常被称作"赌注"——人物即使要失去自己的珍视之物，也会努力实现目标。

　　从这中间我们能看到对主人公信念、原初场景、性格特点的呈现，但更重要的是，我们能够感受到人物为此付出多少——被舍弃的部分对主人公越重要、越能给主人公带来痛苦，我们就会越在乎主人公的命运。

　　未知未来可能发生什么，人物隐约嗅到了什么但不明确，又必须一步步往前，不然无法实现自己的目标，这样的风险也被称作"危险"。

　　人物想要实现目标，必须立于危墙之下——人物不知道危墙的危险程度、何时会倒塌，这为观者带来紧张感[1]。你可以展示给观者即将到来的危险，但人物并不知道，所以观者会紧张地看着人物一步步走向危险；你也可以让观者和人物所知内容一样，嗅得到却不确定。

（1）风险类型

我们最熟悉的风险是死亡。不过，除了死亡的风险外，还存在其他的风险：心理崩溃、失去社会地位、精神或道德危机[2]，以及亲密关系断裂的风险。

• **死亡风险**。因为对立人物的威胁，主人公有可能丧失生命，也可以是疾病、灾难等意外。你可以通过控制死亡风险的紧迫性来决定故事的内容：紧迫感高的时候，主人公必须马上做出反应。紧迫感不那么高的时候（比如疾病、预言地球即将毁灭等），主人公可以一点一点准备，但是由于不同人对于不紧迫的风险认知不一样，所以主人公还可能面临其他人的阻

---

[1] 在我们所熟悉的传统叙事中，往往只有观者会承受危险所带来的心理压力，但我们很少看到主人公需要面对危险所带来的精神压力。心理压力肯定存在，绝大多数创作者选择忽略心理压力，而专注在主人公如何解决问题上。但如果人物的心理即将崩溃，你应该同时展示危险给主人公带来的压力，否则你的故事将会失去逻辑。是否展示人物面对危险承受精神压力的判断标准在于，人物是否有强大的抗压能力——如果有，那么危险不会给人物带来巨大压力，就没必要展示；如果没有抗压能力，那么未知的危险所带来的压力本身也成了风险——人物随时有可能心理崩溃，因此应该展示危险带来的压力。（试着想想，文化中对于哪些品质的要求，使创作者更少去展示人物承受压力的痛苦，而更多展示直面问题、解决问题的勇气？这样的"潜规则"会对创作带来什么影响？）

[2] 部分风险参考自写作畅销书《冲突与悬念：小说创作的要素》，作者是詹姆斯·斯科特·贝尔。

碍，因此主人公为了面对危险所做出的反应有可能会激起更多的危险——主人公的行为威胁了别人的什么观念或利益？

• **心理崩溃。**心理崩溃的风险往往来自自己的恐惧，或是自己无力保护最珍视的人。如果暴露缺点，就有可能失去别人的尊重（比如《闪灵》）；如果面对现实，可能会发现自己一直以来都做错了（比如《记忆碎片》）；如果面对真相，可能会发现自己恒久以来坚持的信念都是别人的谎言（比如《前目的地》）。

• **失去社会地位。**失去工作、声誉、固定的住所、社会关系、财产、权力，从而引起失去他人的尊重或是稳定的生活。而在权力世界中，我们则会看到群体性的社会地位丧失。比如，《使女的故事》中所有有生育权的女性都被剥夺了自由，只能作为使女服务于大主教的家庭，负责生育；《盲流感》[①]中城市里的人突然得了传染性眼盲，被关入一个封闭的精神病院中，原先的社会地位不再有效，人必须根据自身的资源、武力来重新确立地位。

• **精神或道德危机。**想要让一些人物放弃自己对某种精神的追求，比杀了他们还痛苦，比如《屠夫十字镇》中的安德鲁斯不顾一切追随荒野的呼唤；《飞越疯人院》中的主人公麦克·墨菲"不自由，毋宁死"。而在极端环境中，坚持道德和正义则意味着生命、社会地位将会受到威胁；又或者反过来，规则制定

---

①《盲流感》（*Blindness*），于2008年上映，是由费尔南多·梅里尔斯导演，若泽·萨拉马戈和唐·麦凯勒参与编剧，马克·鲁弗洛和朱利安·摩尔主演的惊悚电影。电影改编自葡萄牙作家若泽·萨拉马戈的小说《失明症漫记》。

者会以社会地位、生命安全来威胁人物放弃道德和精神追求。

● **亲密关系断裂。**与"失去社会地位"中人物失去社会关系的不同之处在于，亲密关系断裂跟我们关心的、珍惜的、爱的人有关。这类风险总是来自人物自身的弱点、缺点。

同时，由于主人公往往不会只在乎自己，还会在乎家人，或是更大群体中的人，比如同小区、城市、国家的人，甚至是全人类。我们可以将风险的类型和风险所威胁的对象两两组合，得到复合的风险。比如，全人类都面临死亡危机；全人类都面临道德破碎的风险……

（2）如何为主人公选择"风险"？

问：那么，我们可以随便选择风险吗？是不是越紧张的风险就越好呢？

答：如果风险存在绝对的强弱，那么最强的风险一定是死亡的威胁；如果我们一定要选择最强的，那么其他的风险也没有必要存在了。事实上，风险不存在绝对的强弱，它们的强弱完全取决于主人公。在主人公心里，什么更加重要？换句话说，在故事角度的"好风险"必须能戳到主人公的软肋，让主人公一想到失去就会感觉到痛。

想要戳到主人公的软肋，我们就要从原初场景入手。我们需要让主人公感觉自己即将实现原初场景的承诺，却又可能失去——最可怕的不是没有希望，而是给了人希望又威胁夺走它。只有这样，主人公才会行动起来。

比如，对于爱玛·包法利而言，如果不能继续借债满足自己的高消费、情人离她远去，她活着还有什么意义？这是心理崩溃的风险。

你可能会有疑问，为什么爱玛·包法利会全然忽视债务的问题呢？如果债务崩盘，或是偷情被夏尔发现，那她岂不是什么都没有了吗？福楼拜通过爱玛之前的债务从未出现过问题、偷情也没被夏尔发现过，强化了她的侥幸心理。更何况，所有的读者都担心爱玛·包法利的债务崩盘，或是偷情被夏尔·包法利发现。

爱玛真正担心的风险是不能获得奢华的生活和充满激情的爱情，债务在她眼里只不过是小问题。而债务和不能获得"美好生活"的风险加在一起，正好呼应了故事主题和累进链条。

场所原型和故事类型同样会发生风险。比如在角斗场中，主人公一定会面临被规则制定者投入"斗兽场"的威胁；在进入任何场所时都有可能遭遇看门人、干扰者、阻碍者、行动执行者的阻碍，还会遇到亦敌亦友的神秘人……而在一个"复仇"的故事中，人物除了面临强大的敌人外，还可能遇到心怀鬼胎的"友军"（比如《记忆碎片》中的娜塔莉）、主人公自己的道德要求与复仇欲望之间的抉择（比如电影《卧虎藏龙》中的李慕白）等。

你甚至还可以调整"威胁"的身份来加强戏剧冲突。如果被投入角斗场的是主人公的爱人、朋友、导师会怎么样？复仇的对象与自己的爱人有关会怎样？爱上了敌人又会怎么样？

当你观察越多优秀作品中主人公所面临的赌注和危险，就会发现所有风险都没有你想象的那么离奇，而是全都来自故事类型、场所原型、人物内心世界，以及最重要的——故事主题的累进链条。

换你构思的时候，难点反而不是选择怎样的危险，而在于控制住自己"搞点大的"的欲望，选择那个忠于故事的危险。

(3) 悬念："到底会发生什么？"

也许你已经发现，悬念从本质上看就是风险，只不过风险存在于故事中，而悬念往往存在于创作者和观者的脑海里。

悬念到底是什么、应该怎样塑造，用一句话来说明就是在观者心中制造"到底会发生什么"的疑问。而在具有推理元素的故事中，故事则会在案件中"过去到底发生了什么"与主人公现在"到底会发生什么"的悬念中逐步推进。

当你在构思悬念时，重点永远在于"隐藏""埋伏"和不确定性。试试下面的选择。

• **各怀鬼胎的人**。表面怎么做？对主人公什么态度？主人公是否相信这些人？背地里藏着什么计划？都暗中做了什么？主人公是否知道？

• **定时炸弹一样的人**。这样的人物可能并不坏，但你不知道这个人物什么时候会爆炸，给主人公带来危险。人物为什么会像定时炸弹一样不稳定？情绪问题？知道某个重要信息？身体健康？身份？试着在故事开端就埋下这个伏笔，而后让人物保持稳定，但观者明白这个定时炸弹随时都有可能爆炸。

• **若隐若现的威胁**。有没有这种情况：风险还没有出现，但是它若隐若现，惹得人心神不宁？如果是敏感的主人公，可能会把它视作迫在眉睫的危机而开始行动。但如果是不敏感的主人公，则仍然会沉浸在自己的世界里。你可以在同一个故事中塑造敏感度不同的人物，他们对风险的感知度也有所不同，这反而会带来悬念：究竟是太敏感了还是真的有问题？就像在《闪灵》中，儿子最先感知到了酒店里有奇怪的事情，父亲杰克受到心魔的影响而开始敏感多疑，母亲温蒂则试着说服自己一切都没有问题，只要努力家庭就会变得更好。

• 暗流涌动。在主人公习以为常的平静中，藏着怎样的暗流和秘密？主人公为什么一直没能发现（只有当某个事情爆发的时候主人公才会发现问题）？人们为什么瞒着主人公？又或者人们只是试图掩盖问题，假装一切都好？找到那个爆发点，让它掀起波澜，再看之前发生了什么（比如一个人突然消失、死亡），你往往就能塑造出充满悬念的"平静"。

• 杯弓蛇影。有时主人公也会对周围所有人都怀有戒心，故而所有人看起来都有点问题，令人怀疑。不过通常在这种情况中，反而是主人公和观者最信任的那个人物才真正是图谋不轨、暗藏祸心的。不过，你也可以挑战这一规律，为观者带来惊喜。

现在你可能有一个疑问。

问：我应该让悬念悬置多久才揭开？

答：这取决于你的悬念处于什么样的故事结构上，如果悬念与主人公的最高目标、故事的最高疑问有关，那么直到最后才要揭晓。如果是序列的悬念，悬置的时间则应该短一些。场景的悬念通常是主人公能否在这个场景中获得自己想要的东西，故而应该在场景内结束。而节拍的悬念则是"他打了我一拳，好痛"的即时反馈。

　　绝大多数创作者都把悬念悬置得太久了。越是重悬念的故事，就越应该注重戏剧冲突，否则故事将会变得拖沓、无趣、考验耐心，你应该让悬念迅速转化为风险、危机，继而爆发。然后迅速抛出另一个悬念，再进行新一轮的循环。

　　换句话说，你应该在每一个场景中将"接下来会发生什么"的疑问，转化为"接下来可能会发生……并会对主人公造成……的影响"的风险，而后转化为"即将发生……主人公要如何行动……"的危机，再到"主人公做了……会有什么后果"的爆发，这个"会有什么后果"就会成为新一轮的悬念——"因为主人公做了什么，接下来会发生什么"。

　　在这个过程中，作为工具的悬念助力故事的推进，而不是试图成为故事本身。

　　而那些试图把悬念当成故事的创作者，总是高估悬念的力量，并高估悬念在其他成功的故事中所起到的作用。

　　电影《记忆碎片》中含有大量的谜团、叙事线索，并采取了片段式叙事、多时间线、零散记忆、不知真假的朋友、每个场景内出现超量线索、超量线索在不同场景内都会发生改变等手段，让故事显得更加复杂、难以理解。

但当你理清故事线索，并将视线从悬念上挪开，你会发现人物关系几乎在每个场景都会发生改变，人物选择和命运也随之发生改变。

比如莱昂纳多从开场就杀死了泰迪，并很快就解释了杀死泰迪的原因——莱昂纳多"通过线索（假线索）发现"泰迪就是杀害妻子的真凶。莱昂纳多在每一个场景中都在用各种各样的方法寻找杀害妻子的真凶，他不停地将充满悬念的牌翻开，找到"答案"，接近"真相"（别人和自己想使他相信的假真相）。

一个与主人公的最终命运无关的悬念拖得越久，中间的小悬念越少、越简单，故事也就会越无聊、拖沓。

因此，如果你在心里疑惑"我应该把这个悬念拖多久才解答"，你应该迅速让危机逼近主人公，迫使主人公行动起来，并在场景结尾把它翻开。

如果你正试着学习运用悬念的技巧，**你应该：**

• 找那些你惊呼"想不到"的故事。

• 关注故事如何把悬念和主人公的行动结合到一起，把悬念当作钩子，吸引观者随着主人公的行动去寻找真相。

• 关注在一个场景中，创作者如何将目标、风险、阻碍、对抗、结局融合到一起，如何写出有趣的人物，如何让主人公更值得被人追随。

你不应该：

• 把那些故弄玄虚的、有许多悬念但没有好故事的作品当作学习对象（除非你想搞明白这些作品有哪些失败之处，并加以规避）。

- 把铺设悬念当作最高的目标，并觉得有了悬念就有了情节（想想这为什么是错误的认识）。
- 不关注人物动机、人物的行为如何累进，而是为了让悬念和情节发生而扭曲人物性格。

▶▶阻碍

（1）千面阻碍

凡是阻止主人公实现自己目标的，都是阻碍。无论是人、自然、动物，还是人内心世界的阻力。

当我们构思阻碍的时候，应该将想象力从俗套的阻碍中解放，追车、打架、争吵、误会、死亡威胁……想要为故事找到最合适的阻碍，你只需要记住一个原则——**阻碍永远在主人公目标的相反处，而不是在我们对阻碍的刻板想象中**。比如，在《一个叫欧维的男人决定去死》[①]中，丧妻老人欧维决定遵守对亡妻的约定，追随妻子而去。

他的最高目标是死亡，并决定通过自杀来实现。然而，新搬来的移民邻居过分热情，几次三番打断了他的自杀计划，并与他建立起情感联系——拜托他帮忙练车、照顾孩子等，这更

[①]《一个叫欧维的男人决定去死》（*En Man Som Heter Ove*），于2015年上映，是由汉内斯·赫尔姆导演，弗雷德里克·巴克曼和汉内斯·赫尔姆参与编剧的瑞典电影，改编自作家弗雷德里克·巴克曼创作的同名小说。

加阻碍了欧维自杀计划的实现。

　　阻碍除了阻止人物实现目标以外，我们不能忘记它还是创作者为主人公设置的考验。如果主人公可以解决阻碍，说明主人公对原初场景和信念足够坚定，也有能力；如果不能解决，有时则意味着主人公的信念本身有问题。

　　比如，在英剧《好兆头》[①]中，当撒旦在人间的人类之子被撒旦附身时，小男孩坚信只要有力量就可以让朋友们服从。然而朋友们并不服从他，从小男孩的角度而言这是阻碍，但实际上说明信念本身有问题。

　　你还可以继续活用阻碍，拓宽思路，让阻碍实现戏剧功能。比如，把阻碍看作命运之神对人物的眷顾，当人物一路朝着错误的方向狂奔的时候，就会有阻碍提醒主人公走错了路。

　　就像在《人再囧途之泰囧》中，徐朗为了事业不顾家庭、朋友，而所有的阻碍都使徐朗明白"没有家庭和朋友的成功毫无意义"；把阻碍看作命运之神对人物的嘲讽，让人物自以为可以获得一切的时候将一切夺走，但实质上是戳破主人公不切实际的信念。

　　此外，阻碍时常以不那么明显的方式存在，看看下面的例子中的阻碍如何影响人物目标的实现，人物又应该如何战胜阻碍。

　　• 人物的价值没有被认识到。"你是谁？哦，你来两年了……

_____

[①]《好兆头》（*Good Omens*）于 2019 年首播，由道格拉斯·麦金农导演，特里·普拉切特和尼尔·盖曼参与编剧，大卫·田纳特和迈克尔·辛主演的英国奇幻喜剧。本剧改编自英国小说家尼尔·盖曼和特里·普拉切特合著的同名小说。

你叫……什么来着？你想负责这个项目？不可能。"（如果主人公的价值没有被认可，那么主人公将很难在组织中拥有资源和权限去实现自己的目标。所以主人公往往需要做些出格之举，获得成果，最终证明自己。）

• **对人物努力的否认。**"我告诉过你，不要再这么做了，没用的。你以为你自己做了很多，在我看来都是无用功……甚至，挺傻的。"（当主人公费了老大劲所做出的成果没有被认可，甚至被嘲讽时，这不仅仅是对目标的阻碍，同时还会对主人公带来巨大的心理打击。而这样的时刻往往可以成为累进中的转折点，刺激主人公做出改变。）

• **不怀好意的接近。**"喂，你别走，我刚才的确打了你……可能打得稍微狠了一点，发起火来谁都控制不住自己的嘛。你看起来不像本地人，北城来的？难怪，看着这么豪爽，我看不起我们本地这些男人，厌得很。兄弟，来，跟你商量个事……这事非你不可，你帮哥哥一把，到时候你的那点事哥帮你解决。"（心怀鬼胎的人物往往都会通过各种手段使主人公"帮助他们"，但是横生枝节的请求对主人公的目标而言就是阻碍。而这样的阻碍往往会生出更多问题，带来更多阻碍，让主人公离目标越来越远，也越来越难实现。）

• **自身的傲慢。**"这是谁的方案……别夸了……一个实习生，觉得自己比这个大楼里所有人都聪明吗？他以为自己能看到所有人都看不见的真相吗……不用再替他解释了，我不希望咱们公司有这样自大到想要教育全公司人的员工，开除他，立刻。"（有时候，人成功路上最大的敌人恰恰是自己。一个人有一次正确的判断，不代表每一次都会判断正确。尤其是在越来越多的人看到危机正逼近的时候，傲慢等缺点所造成的阻碍与人物目标之间的冲突就越强。）

- **善意的拒绝。**"孩子，你听我说，这件事对你没有任何好处，我也是从你这个年龄过来的……哎，你这样做只会伤害你自己……你求我也没用，不听老人言，小心吃亏在眼前啊。"（家人、长辈和朋友有时会出于自己的经验，用对主人公好的口吻拒绝主人公。你可以试试让主人公再争取一番，只尝试一次就放弃的主人公不够坚定有力，而且这时主人公还是希望用"最简单"的方法解决问题。这是从所有亲近的人都拒绝主人公累进至独立或借助"邪恶"力量解决问题的必经阶段。）

- **规则内办事。**"规定不允许……你都来了好几次了，看你挺有诚意的……我也实话告诉你吧，规定就是规定，你以为来我们这儿的就你一个人有困难？每个人都有困难，我要是每个人都帮了，那就乱套了，还要规定干什么？再说了，我们这儿都有监控，违反规定操作是要罚款处理的。"（总有用公事公办的口吻来阻碍人物的人。这时候，人物继续死缠烂打是没用的，因为死缠烂打的"动作"并没有升级。这时，人物必须升级动作。比如：跟办事的人搞好关系，那不妨私下请对方吃饭或是用其他方式表示亲近。）

试着为故事找到大大小小的阻碍吧，它远不止追车、打架、争吵这么简单。

（2）区分阻碍和障碍

阻碍是指那些阻止主人公实现目标的力量，像是拦路虎，主人公必须与之激烈搏斗才能获胜，同时还要准备好有所牺牲；它还挑战主人公的内心——弱点、优点、阴暗面等。

障碍则是主人公实现目标过程中的小插曲，像是绊脚石，往往只能阻拦主人公片刻，主人公用一些聪明才智或是勇敢就可以越过障碍，直面阻碍的挑战。比如，对立人物用人质要挟主人公是阻碍，派出的打手是障碍；主人公因为身患重病而无法参加救援行动是阻碍，在逃离医院的过程中要躲避的人是障碍。

有时候，阻碍和障碍可能难以区分，你只需要记住它是否同时阻止主人公的目标的实现、带来风险，并会直击主人公的内心就行。

在故事中，你可以选择阻碍和障碍组合使用。尽管障碍对主人公威胁不大，却可以带来一些乐子，还可以搅动故事的紧张感。障碍也可转化成阻碍，这都在于主人公如何看待。比如高三学生在一次考试中做不出最后两道大题是障碍，但如果因此产生心理阴影而不自信就会变成阻碍。

▶▶对抗

（1）暗藏在行动下的动作策略

现在，我们终于要进入故事中最吸引人的地方：人物间你来我往的对抗！

这似乎是写故事的过程中最困难的地方，比其他部分还要难，因为它要求我们同时做到太多：让故事好看、展示人物性格特点、呈示背景故事、表达情感、展示主题、说出有深度的话、让人意想不到……

不过，就像写作过程中其他的问题都有一个直击本质的、时间和精力上经济高效的解决方案一样，构思人物行动以及人物之间的对抗也存在一个简单的解决方案。

如果你可以让人物95%以上的行动中都包含动作，你的所有困扰可以解决大半，故事的戏剧张力也会大幅提高。

没开玩笑。

人物的行动指——身体的运动、语言的表达、表情等。

动作[1]是指藏在行动背后的、为了实现目标而选择的、可以用一个动词来概括的策略（在下文中，为了避免与我们熟悉的"动作"混淆，我将使用"动作策略"来指代动作）。

举例来看：①我听到远处传来奇怪的声音，我害怕极了；②我听到远处传来奇怪的声音，我走过去，看到那里有辆婴儿车；③"你听到那个声音了吗？走，去看看。"我说。

在第一个例子中，没有行动，只有感官信号。

第二个例子，"听到""看到"都不是动作策略，而走过去看似是动作，实际上是行动。

---

[1] 动作（Action）是一个在表演中经常被提到的词。为了让演员能够把文字演出来，要求演员从剧本中提炼出目标（Objective）、Obstacle（阻碍）、Action（动作）三项内容。无论我们是小说创作者还是编剧、剧作家，如果能让涉及人物的部分具有可表演性，人物会更加生动立体。

第三个例子，尽管没有写身体的行动，但是有动作策略。你能猜到第二、第三个例子中的动作策略是什么吗？分别是查看和请求。

再来看看下面对话中的动作策略（在括号中用黑体标出）。

"这个呢？"他拿起一张带照片的简历。**（提供选择、询问）**

"太胖。"**（否定选择、挑剔）**

"这个？"**（再次提供选择、询问）**

"太傻。"**（否定选择、挑剔）**

"他可是清华大学毕业的，而且他过往工作经历符合咱们的需要。"**（解释、说服）**

"如果他够聪明，就不会35岁来咱们这儿工作。我猜，他被开了。"**（推测）**

"他说是因为内部斗争……他是咱们现在最好的选择。"
（肯定对方推测、解释，再次说服）

"这个话我只说一次。我已经吃够了残羹剩饭，我不需要散兵游勇。咱们需要的是能打仗、不要命、敢抢敢偷、不顾一切也要胜利的人。如果你找不到这样的人，只能说明你也只是个散兵游勇，明白了吗？"**（明确需要、暗暗指责、威胁）**

慢慢开始明白动作策略本身就已经暗示目标了吗？

让我们乘胜追击。这些词都是动作策略——胁迫、确认、使确信、欺骗、诱骗、怪罪、诅咒、启发、取信、表彰、搅乱、赞扬、宽恕、原谅、修复、攻击、伤害、接近、激怒、逮捕、吸引、疑惑、困扰、厌恶、恐吓、打击、鼓励、宽慰、瞒天过海、浑水摸鱼、雪中送炭……

现在，请做两件事。

第一件事，翻出你以前写过的作品，自以为失败的和成功的。看看失败的作品中，是不是缺少动作策略？再看看自己觉得满意的作品，是不是已经不自觉地包含了动作策略？

第二件事，看看其他的优秀故事，你是否能看到人物的每一步？

问：我现在已经感受到动作策略的重要性了，但我不太明白为什么动作策略有这么大作用。

答：人物从在故事中出现的那一刻起，就是为了实现目标而活，不管目标是什么、怎么变，都要实现各种目标。《一个叫欧维的男人决定去死》中的欧维想自杀却总被打断；《阳光小美女》的奥丽芙想要成为选美冠军；《蝙蝠侠：黑暗骑士》中的蝙蝠侠想要维护正义，但他同样希望找到一个"真正合适"的人来接替他，用"正确"的手段维护正义；《包法利夫人》中的爱玛想要过上奢华、浪漫的生活……动作策略，就是扎扎实实地、一步一步地实现目标的唯一方法。试想一下，如果你是刘备，面对诸葛亮这个当世奇才，你会怎么做？你可能会登门拜访以示尊敬、请求诸葛亮分析天下大事以确认他的真才实学、阐明自己的困境以求帮助、许诺诸葛亮前程以拉他"入伙"、请求诸葛亮加入辅佐。而这些，全都是你为了实现诸葛亮辅佐你这一目标的动作策略。

动作策略的道理听起来如此直白以至于你会怀疑：为什么

以前我没想明白？因为，你以前只想着怎么写出"好情节"，却很少想到怎样根据人物特点、让人物"费尽心思想明白"怎样实现自己的目标。

(2) 人物为自己选择动作策略

我们应该如何为人物选择动作策略？或者说，人物如何自己选择动作策略？

我们在现实生活中如果想实现一个目标，就必须先了解情况、判断局势，再根据情况来制定自己的动作策略。人物同样如此。

当人物进入一个场所并意图实现自己的目标时，根据人物所知信息是有帮助的还是有风险的、人物知道或不知道，可以分为下面四种情况（如表18）。

表18

	人物知道	人物不知道
有帮助的信息、助力	计划作为助力	会在人物遇到危险时惊喜地出现，为事情带来转机
有风险、威胁的信息，阻碍	提前规避	意料之外的危机

当你在构思场景的时候，试着考虑场景内的信息，当然，你要同时考虑主人公知道的和不知道的。

• 人物知道的助力是什么？以此做出什么动作策略？

• 人物不知道的助力是什么？

- 人物知道的阻碍是什么？以此选择什么动作策略？

- 人物不知道的阻碍是什么？是否有后备方案？

- 后备方案有效吗？

- 面对在场景中当时发生的意外（阻碍），人物在当下会选择什么动作策略？

- 面对对立人物不停抛来的种种障碍，人物会选择什么动作策略？

为主人公选择动作策略是故事创作中的一大陷阱。

受到那些出色的故事影响，我们很容易借鉴那些已经被证明有效的动作策略。无论是动作电影中出色的动作设计，还是推理小说中的终极诡计，都在发出海妖的吟唱诱惑我们。

不过，与其说"我们应该出于道德问题不要借鉴"，不如说借鉴背后的思维是"情节或动作策略可以脱离故事和人物独立存在"。你已经明白这是错误的想法。

选择动作策略的，永远是人物。

如果你的故事想要展示人物的命运，那么人物所有的动作策略早就藏在性格特点、行为模式和原初场景中了。如果你想展示人物改变自己的成长轨迹，那么人物的动作策略则会在努力成为想成为的样子和控制不住难改的积习之间摇摆。

任何人想改变什么的时候，夹在过去和未来之间，过去的行为模式和信念总会影响现在的判断，哪怕人物已经发生了些许改变。

比如，在《人再囧途之泰囧》中，主人公徐朗逐渐接受有王宝这个伙伴一同上路，两人历经千辛万苦，也交了心，徐朗似乎终于懂得跟人配合的重要性。但当徐朗发现王宝身上装有反派角色高博的跟踪器以及"酬金"之后，徐朗的多疑瞬间爆发，不顾王宝的解释就指责他是高博派来的间谍。

积习难改。正如我们前面所提到的那样，人物过去的行为模式和信念之所以能够维持许久，就是因为它管用。而当新的行为模式和信念还没有被反复强化的时候，以前的习惯总会给人物带来安全感——哪怕人物隐约知道这不好。

现在，让我们正式开始构思一个场景中人物可能选择的动作策略，你可以在"构思栏"中考虑下面的内容。

- 人物知道的信息。

- 人物不知道的信息。

- 目标。

- 阻碍。

- 人物行为模式、信念。

- 封闭式结果：根据累进链条已知的结果。

- 开放式结果：主人公在场景中尽情探索。

而根据上面的信息，你可以得出一连串的动作策略，比如，接近、获取信任、误导、欺骗；安慰、分析问题、陪伴、拥抱；劝说、说服、抱怨、指责、争吵……

还想为故事增添一丝转折？那就让主人公知道的信息与现实状况不符，或是不知道的信息带来威胁或转机！比如，主人公原先觉得有用的方案，一到了现场出问题怎么办？原先说好的队员到现场不顶用怎么办？

人物所知道的信息除了帮助人物做出判断以外，还可以为故事带来反转。在故事中，我们总是难以自控地相信主人公的视角——我们见主人公所见，闻主人公所闻，感主人公所感。

如果我们所知道的跟主人公所知道的信息一致，那么我们也会为主人公所不知道的信息所震撼。比如，我们随着《万能钥匙》中的卡罗琳一起相信了女房东维奥莱特的巫术骗局，也被《记忆碎片》中莱昂纳多对自己的欺骗所骗。

（3）一来一接一往，冲突逐步升级

通过前面的准备，我们已经保证了人物动作符合故事逻辑，接下来让我们来看看如何让对抗过程更有趣、激烈。

用一句话来定义什么样的对抗是好的对抗的话，那就是——**刀刀入肉，句句入心**。

如果人物试图伤害对方，那么必须要让每一个动作策略都像是刀锋划过人物的身体和内心一样带来痛苦；如果人物试图跟对方搞好关系，那也必须试图直击对方痛点提供帮助，并在情感上让对方感到亲近。

这一切都跟对抗双方的内心世界有关，跟双方是否有能力了解并影响对方的内心世界有关，但跟你有多炫酷的点子没关系。

对抗是双方的事情，在你达到"刀刀入肉，句句入心"的效果之前，你需要保证场景中的每一次对抗都包含动作和反应，而后引发新的动作——你来、我接、我往。

你打了我一拳，我说"啊，疼，你完蛋了"，我又打了你一拳。这就是最简单的对抗。

放在故事结构中，"你打了我一拳，我说'啊，疼，你完蛋了'"就是一个节拍。在这个节拍中包括"你"挑衅这一动作策略，也能看到"我"的反应——动作策略是威胁。这是动作的一来一接。而"我"又打"你"一拳，则是一往，也是下一个节拍的"一来"。

回顾本章开头的那个片段，你会发现在前半部分白莱和老头之间并不存在"一来一接一往"，老头数次挑衅白莱，白莱都没有接招。因此你会感觉白莱和老头之间的互动平淡如水、毫无波澜。

那么，我们应该如何调整对抗中的动作策略，让观者感受到人物之间的火光呢？

如果可以，你应该让每一个节拍中都包含不同的动作策略，并且动作策略逐步升级。

应该这么做的原因是：我们的主人公和对立人物之间存在不一致的目标，因此为了实现自己的目标，双方一定都会采用种种手段。

当人物送去"一来"的时候，对方"一接"的反应一定不能轻易实现自己的目标，那"一往"更有可能打乱主人公的计划。那么在下一个节拍（也可以说是下一回合）的对抗中，人物必然会选取比上个节拍更强烈的动作策略。

如此，你来我往，一个场景中的冲突才会逐渐上升、推动到场景的高潮。

问：为什么人物在第一回合不能轻易实现自己的目标，必须要经过数个回合才行？

答：一个回合就解决问题的话，就没有故事了。更何况，这个世界上不存在一个回合就解决问题的手段。也许你会提到某些战略打击手段来反驳，但战略打击手段因为成本高、波及范围广，而且相当于撕破脸皮——这是在多个序列的交锋后的最终手段，而不是在一个场景的第一个节拍中就应该使出的绝招。因此，数个节拍的"一来一接一往"不仅仅是故事创作的需求，也符合现实规律。

有三个方法可以帮你检查对抗中的冲突是否在一步步推进。

• 检查人物双方的感受是否在场景中发生变化。某种情感可以越来越强，也可以在对方突然逆转动作策略后带来情感的转折。比如，当一方在埋怨、指责的时候，另一方突然一反常态地包容、解释，这时埋怨的一方的情绪就会从充满怨气到怨气被削弱，有可能还会转变为内疚、歉意。

• 检查风险是否降临，并持续不断有新的风险出现，直至最大的风险爆发。

• 检查你的动作策略是否逐步升级。

动作策略其实也有强弱程度之分（仅仅从普遍意义上讲，如果人物有特定的"软肋"，一个"弱动作策略"可能会带来意外的影响），试着体会下面的几组动作策略的强弱程度。

无视，轻视，打断，指示，指使，安慰……

奉承，谄媚，挑衅，邀功，埋怨，指责……

羞辱，谩骂，哀求，威胁，控制，结盟……

打击，关押，诬陷，背叛，驱逐，逃离……

毁灭，拯救……

也许你已经看出，第一组动作策略的强度最弱，而随着逐渐往后，每一组的动作策略越发强，直到最后两组，动作策略的强度攀升至高点——导致人物的命运危在旦夕。

根据你的故事体裁、风格、创作目标，可以适当调整动作策略的密度，可以一个节拍一组动作策略，也可以多个节拍一组动作策略。而当你确定了动作策略后，实现动作策略的不同行动也可以有变化——这就是动作策略不变、具体行动发生变化。

比如，在推理故事中，人物需要运用介绍案情这一动作策略。

在整个场景中，我们可能会看到人物在多个节拍中保持"介绍案情"这一动作策略不变，但随着人物在场景中介绍更多情况，我们对案情更加了解。

而在动作电影中，主人公面对反派角色的攻击，动作策略往往是简单的"躲避"和"反攻"，但你仍然可以通过展示不同的、具体的反攻方式，带来冲击效果。

在实际写作中，你可以结合动作策略发生改变和动作策略不变，但具体行动发生变化两种手段来展示对抗。

（4）高潮

不仅是在故事、幕和序列中，每个场景中也应该有自己的高潮。

人物怀着某个目的进入场所，开始一个场景。人物之间的对抗逐渐推高到一个必须爆发的点才能"结束"场景的状况——一方面人物渴望实现自己的目标，另一方面我们的故事不能无休止地进行下去。

而人物甩出的那个有些冒险的动作策略，就是高潮所在。

这个动作策略通常在整个场景中最具强度，也最能攻击对方的原初场景或信念，或是能带来令对方吃痛的威胁。如果说前面的动作策略都是试探性进攻，高潮的动作策略必须"刀刀入肉、句句入心"。

冒险，就意味着人物必须承担一定风险，要么动作策略成功，实现目标；要么动作策略失败，没能实现；要么实现了目标，却造成意料之外的结果。

(5) 控制节奏

我们需要恰到好处地掌控行动的节奏，该激烈时激烈、该平缓时平缓，为观者带来起伏的故事体验。一直激烈或是平缓都会导致观者注意力转移，而这时不管你有多少想表达的内容，观者都很难再注意到了。

有两种基本方法可以帮助你控制节奏。

• **动作本身的节奏**：节拍的长短、快慢，动作的多少、快慢。

• **控制节奏的技巧**：打断、沉默、展示人物各自的状态。

你可以控制节拍和动作来控制节奏。一个节拍内的行动越短、越快，节奏就越快。快速交手的动作、刀光剑影的语言交锋，短句，都会给人以"快"的感觉。而大段的描写、对白、充满细节的动作描写，都会让人感到"慢"。

你也可以使用一些技巧，使观者在丧失耐心之前歇一歇。

比如，在《复仇者联盟4：终局之战》中，蚁人从量子领域回来后，找到复仇者基地，试图讲述量子力学和量子领域的原理，别人都听不懂，这时他突然问了一句："桌子上的三明治是谁的？"而后拿起被人咬了一半的三明治吃起来。他长途奔波，的确饿坏了。但这也让观众和不懂量子力学的黑寡妇等人松了一口气，而后他继续讲述为什么量子领域可以改变局势。

而在《大明王朝1566》的第一章中，严嵩所率领的严党和高拱、徐阶等人所代表的"倒严"一派在朝堂上对峙，争论国库报销入账的批红问题，实则是严党试图正当化自己的贪污所得，而倒严派试图揭露严党贪污。

在小说中，这一段长达13000字，相当于一部普通长篇小说的十分之一。而在同名电视剧中，这一段则长达30分钟。

在小说中，作者采取了长发言、短诘问，再加上描写嘉靖皇帝时而云游物外，时而沉默思考，时而提问，节奏松弛有度。

而在电视剧中，则穿插了裕王妃产子的画面，交代信息的同时，也让"多话"的朝堂戏稍作停顿。

对于节奏应该是快是慢，最好的方法是先写出来，再使用直觉进行判断——哪里感觉不够快，哪里感觉应该慢一点。

问：为什么你总在强调直觉？直觉到底从何处而来？

答：直觉来自我们看过的所有优秀故事！也许我们还不清楚具体应该怎么写，但是我们能感受到好故事应该是怎样的、不应该是怎么样的！再者，如果你把故事当作与观者的交流，那么你交流的内容必须要让人能懂，而你的交流方式必须调动观者的注意力和积极性——我们可以把故事看作一门更加复杂的语言，这时我们在日常交流中的经验也会参与到直觉中；如果你把故事当作一门自我表达的艺术，那么你的直觉来自你的内心。不过，也有对我们没帮助的"直觉"，实际是一种执念——你过于相信某个创意可能会让你的故事一飞冲天；或者你太过于焦虑而急于"借鉴"别人。相信直觉，避免执念。

（6）呈示

下面，让我们了解一些对话的技巧。

你一定在很多编剧理论中看到过"呈示"这种展示对话的技巧。

在一些书里会被称作"解说"或"说明"。在这些写作理论中，呈示通常是指将两个人物相互都知道但观众不知道的事情通过对话说出来，因此其内容往往是在故事开始之前发生的背景故事。

可你也许有过这样的困惑：呈示的边界太模糊了。如果讲述两人之间过去的事算呈示，那么，讲解科学原理算不算呈示？解释自己的心理活动算不算呈示？在破解谜题中介绍谜题、讲解事情发生经过算不算呈示？叙述者介绍故事背景、人物来历算不算呈示？

别管到底什么是呈示了！

你只需要记住，当人物试图揭露一个信息的时候，你需要找到揭露信息背后的动作策略。究竟是在日常生活中跟朋友讲述他人的故事，还是用共同的过往经历来软化一个人的态度？又或者是讲述自己的过去以得到对方的同情？

所有优秀故事中的"呈示"都是人物在介绍信息，而信息背后都是为了实现某个目标的动作策略。你也应该这么做。

（7）潜台词

创作路上，总有前辈提醒你：你的台词不应该写得过于直白，而应该有丰富的潜台词。

也许你曾数次在心中对创作之神提问：到底什么是潜台词？

也许你曾在创作中努力把人物想说的话藏在台词后面，但是不管怎么藏都显得很奇怪，像是人物在拐着弯说着怪话。

老规矩，一句话解决潜台词的核心问题。

当每个动作、每句台词背后都有一个来自人物独特内心世界、面对特定故事情境的动作策略的时候，你就有了潜台词；不过潜台词的重点不在于你有没有，而在于你用潜台词实现怎样的效果。

让我们来看看如何通过潜台词实现丰富的故事功能。

• 揭示人物态度

A："把盐递给我。"（动作策略是命令，揭露出对妈妈的不尊重。）

B："你就是这么跟你妈说话的？"

• 暗示变数

A："你们不会赢。"（动作策略是阐述事实，但根据下面的反应，我们可以看出A在如此绝境还这样镇定，一定留有后手。）

B："都到了这个份儿上你还嘴硬？"

• 揭露人物性格

男孩："谢谢！谢谢您能帮我，如果没有您我真的不知道该怎么办……"

男人："不用这么客气，也不用说帮，都是我该做的。"

男孩走远。一个女人走过来站在男人身边。

女人："亲爱的，那是……"

男人："早该被社会淘汰掉的东西，不过对咱们还有点儿用。"

• 展示人物之间充满默契的情感交流

女人已经走到门口了。

男人："喂。"

男人上前抱住她，她没有躲。

男人："你……"

女人："嗯。"

• 展示人物委婉的、暧昧的情感

女孩："我今天晚上就要走了。"

男孩："我知道。"

女孩："你就没什么话想跟我说吗？"

男孩："看那边的云的形状。"

女孩看着云，男孩看着女孩的脸。

女孩："我没看出来是什么……你盯着我干什么？"

男孩："到那边之后……算了，反正你很快就会交到新朋友，然后把我们都忘了……"

潜台词能做到的不止这些。试着在其他作品中寻找潜台词（它无处不在），看看这些台词和动作背后的动作策略是什么、人物为什么将真实想法隐藏，再看看它实现了怎样的功能。

你也可以在生活中发现无处不在的潜台词，因为潜台词并非故事的技巧，它本身就是人在现实生活中会运用的动作策略——把自己的真实想法藏在潜台词后面。

比如，当人不想让别人知道事情的真相之时，往往顾左右而言他，说谎，套近乎；当人不敢面对自己的真实情感，或是不想对外人展露出来之时，往往以欢笑掩盖苦闷，以孤僻掩盖不安，以付出掩盖不安全感，以合群掩盖孤独，又或者是以不在乎来掩盖喜欢；当人不敢，也不能展示自己内心的阴暗想法时，可能会以冠冕堂皇掩饰龌龊，以道德批判掩饰发泄私愤；以哭诉自身艰辛掩饰不义之举，以夸张炫耀掩饰内心自卑……

▶▶结果

（1）我该什么时候结束一个场景

问：我该什么时候结束一个场景？

答：这没有一个固定的答案。有时你感觉需要结束了，就可以结束了。有时你完成了自己的创作目标，就可以继续推进，等整个故事结束后再回来修改。

不过，在场景结束时，你应该确保你的场景同时回答下列问题。

- **目标**。人物目标是否实现，有个明确的结果。

- **得失**。人物在场景结束后有何得失。

- **人物关系**。发生什么变化？更亲近？疏远？化敌为友？还是别的什么状态？

- **人物情感**。人物情感在场景结束时是怎样的？

你要小心，有时候你会因为自己写得痛苦难耐、焦头烂额，而迫不及待地想要结束这个场景，于是随手为它安排了无意义的爆发，又草草结束。

这时问题没出在结尾上，而是你整个场景的戏剧冲突都不够强，这个时候结束无异于掩耳盗铃。试试下面的方法。

- 主人公和对立人物是否针锋相对？是否刀光剑影，每一刀都朝着对方胸口捅？行动是否能更出格一些？

- 把藏着掖着的东西抖出来吧！让它逼迫主人公做出反应！别让对立人物太蠢了，让这些家伙想方设法地折磨主人公吧！

- 把这个场景删掉试试！

- 把这个场景和其他场景合并！

- 休息一下，但不是把故事完全抛到脑后，而是给主人公说话的空间和自由，不像之前那样驱赶着主人公朝既定的目标前进。有时，你对累进链条的构思并不符合主人公的情况，主人公会以拒不行动或化身提线木偶来对你抗议的！

(2) 为结束点添些花样

场景的结尾可不仅仅是尘埃落定。在目标实现与否的"结局"之外，你还可以丰富场景的内涵。

• **收尾**。在场景中的高潮结束后的收尾时间，你来我往的冲突往往不再发生，但你仍然可以让收尾工作承担一些戏剧功能，比如揭示人物对高潮部分的看法、情感，并由此展现人物的性格特点、行为模式。

在美剧《纸牌屋》第一季第一集中，"下木"在亲手杀死那条被车撞受伤的狗后，没有一丁点儿情绪波动，他告诉邻居：这是肇事逃逸，肯定是这条狗又翻墙而出了，他会让手下查到那个车主。

下木先是交代部分真相以隐藏自己杀狗的事实，又暗中责怪邻居没看好自家的狗从而使邻居不敢发火，最后还为邻居提供"帮助"，成功地把一次普普通通的肇事逃逸变成了他获得人情资本的机会（而且他还杀了邻居的狗）。

试着在高潮发生后，带入到主人公的视角，看看刚才发生的事（这个场景）中有什么是能够加以利用、实现自己目标的。

这将为观者带来别样的惊喜——就像你差点松口气忘了收尾一样，观者也以为这个场景在高潮部分就结束了。

• **讽刺**。在一个场景、序列、幕，或是整个故事的结尾部分，你都可以加入一丝讽刺性——主人公获得了自己想要的东西，却失去了更多，或是无福消受自己的"奖励"。

比如，在《不准掉头》[①]中，男主人公鲍比杀死了疯狂的小镇女人格列斯后，终于可以拿着抢来的那十多万美元独自离

---

① 《不准掉头》（*U Turn*）于1997年上映，是由奥利弗·斯通导演，约翰·里德利参与编剧，西恩·潘、尼克·诺特和詹妮弗·洛佩兹主演的惊悚电影。

开，他可以用这笔钱还债，也可以远走高飞到墨西哥过任何自己想要的生活。他在可怕的苏比小镇经历了无限的疯狂，还因为欠债而失去了一根手指，但这一切都是值得的。然而，正当他准备驱车前往自由的未来时，车子冒烟了，在小镇那个不靠谱的修车厂换的散热器软管炸了！

影片在这里就结束了，但我们都清楚即使鲍比能在沙漠中幸存，也会被另一群贪婪的人折磨。

你可以把讽刺性结尾用在故事中间，这可以成为主人公转变的累进链条上的一环。

主人公往往会为自己短暂的胜利而得意。这时，如果主人公能够发现自己因此失去了在乎的人的尊重，或是失去了某些更重要的东西，将会明白先前的"奖励"并没有自己想象中那么重要。如果主人公没有把握这次"机会"学习到重要的一课，并进行改变，那么主人公很有可能将一路滑向深渊。

你也可以把讽刺性结尾放在故事结局。当主人公从灾难中活下来却没有改变任何缺点，甚至还变得更坏了的时候，一个讽刺性的结局可以让观者心中的道德感被平衡——这家伙获得了一切，却痛苦万分，还不如没有得到。

（3）休息时刻

休息时刻通常作为一个场景单独出现，而在这段时间，主人公无须面对任何冲突，而是消化之前的情绪，面对自己的内心，恢复精力和体能。

对于主人公和观者而言，休息时刻都像是一段激烈运动后的短暂休息。即使是最坚毅强大的人也需要恢复体力和平静，因为主人公也是人。更重要的是，如果主人公不需要休息，就意味着你的冲突不够强，没能给主人公带来精神和肉体上的打击！

主人公可以选择一个无人打扰的地方，也可以选择跟自己的伙伴在一起——一条狗、机器人、战友。又或者，你可以让主人公找个地方寻求一些消遣。

注意！消遣往往只有片刻休闲时光，还常常会带来麻烦（谁让消遣的地方就那么几个，又总是鱼龙混杂呢），你仍然可以让主人公喝杯小酒、跟一个有魅力的家伙说说心里话，不过也要做好下一秒就把主人公推回充满挑战的世界的打算。

场景构思清单

现在，让我们将本章中提到的内容整理成为一个清单。你可以把它填入你的场景构思栏。

▶▶场景中的人物目标

主人公的目标是什么？
对立人物的目标是什么？

▶▶场景中的风险

主人公的选择会使人物面临什么风险？

主人公的选择与原初场景和信念有何关联？

风险会波及哪些人？

▶▶阻碍

对立人物将会如何阻碍主人公？

对立人物的手段将会为主人公的生活或命运带来怎样的转变？

你准备了作为"调味剂"的障碍了吗？

你的阻碍足够强吗？

▶▶悬念和反转

在每个场景开头，你希望观者心里有怎样的疑问？

你不停抛出新的悬念了吗？还是把一个细小的悬念拉得过长让人失去耐心？

你将如何引导观者相信一些内容，而后揭露不同的内容？

为了最后的反转，你做好足够的铺垫了吗？

▶▶对抗

主人公知道哪些信息？

主人公不知道哪些信息？不知道的信息会带来怎样的转折？

根据原初场景、信念和行为模式，以及掌握的信息，主人公会选择怎样的动作策略？

每个行动背后都存在动作策略吗？

人物怎样一步步把冲突推至高潮？你如何通过改变动作策略的强度达到这一点？

你控制好节奏的快慢了吗？

▶▶台词

你的台词背后有怎样的动作策略？

在进行呈示的时候，信息背后藏着怎样的动作策略？

人物怎样用属于自己的方法表达情感？

人物根据自己的行为模式，选择怎么说话？

▶▶结果

你在"感觉该结束"的时候结束了吗？

人物是否实现了自己的目标？

第七章

开始写吧

人物有何得失？

人物关系是否发生改变？

人物经历了怎样的情感变化？

在尘埃落定之后，你是否可以添加点花样？

正式开始写吧。

也许你心里仍然怀有疑惑，但一步步走下去，相信自己的直觉以及常识推演，故事终将一步步成形。

一个节拍接着一个节拍，一个场景接着一个场景，而后一个序列接着一个序列，最终组成故事。

场景、序列、故事背后都是起承转合，目标、风险、阻碍、对抗和结果，也都包含了悬念和种种铺垫。区别就是对人物命运影响多少、给人物带来多大的打击。

你可能需要写上三稿以上才能从石块中将故事的璞玉挖掘出来。前人所说的"故事的第一稿永远是垃圾"几乎总是对的。但你无须担心，只要掌握了故事的基本逻辑、累进链条，并建立起一个有深度的人物，并在故事中展现冲突与情感，最终体现人物命运，一稿一稿写下来你会收获一个不错的故事。

如果你心里还是没底，看看下面的锦囊。

开场、高潮和结尾

到底怎样的开场才是一个好的开场？

这个世界上有无数种好的开场，比起总结出一套根本不通用的规则，不如这样——别在乎开场，多写几稿，写到你觉得故事已经基本完整，只差调整一些场景的顺序时再考虑开场。

好开场的确要从多稿故事中浮现出来。因为等你感觉故事完整的时候，你才能知道在开场应该强调什么、铺垫什么、展示人物怎样的特质、暗示人物未来有怎样的命运、人物的生活中藏着怎样的危机。

至于高潮，别太早安排一个自以为"很有冲击力"的高潮，你十有八九会陷入俗套。还是一样，多写几稿，你会明白高潮是怎样的。

结尾也是如此，不要提前安排"尘埃落定"，也不要急于升华。结尾是人物命运一锤定音的地方。既然是命运，就别草率。

修改

你可能觉得"多写几稿"听起来像是万金油。

没错。

但在每一稿修改中，你都应该保证有质变，而不是简单调整，再对外宣称自己改了十几稿，但只不过是改了改对话、动作的细微之处，调整了一下场景顺序而已。

最好的方法是，每一稿都新建一个文档。

别害怕，这么做利大于弊。在每一稿之后，你已经对故事有了大概的了解，心里也有了新构思。

绝大多数时候，前一稿的问题都比你想象的要多得多。而直接在原稿上修改，会让你既无法放弃自以为写得不错（其实有问题）的部分，也会让你浪费大量的时间精力协调多个元素。

如果新建一个文档，为了省力，你的潜意识会飞速地打腹稿。你会下意识地砍掉没用的部分，又建立起新的联系。

通常来讲，在第四、第五稿的时候，你会发现故事进入了一个自有其逻辑和生命的阶段，你会感觉无法再新建一个文档来重启故事了。这时你可以在原有文档上修改。

学习与修行

故事创作的技艺需要我们用一辈子的时间来修行。

多阅读，多观看。本书中所探讨的所有方法都可以帮助你分析其他作品。你会看到有符合书中内容的，也会看到书中内容没有顾及的，你还可能发现一些不符合书中内容的例子。

建立你自己对故事的认识，而不是听信任何人对故事的想法——每个人都有自己思维的局限性、时代的局限性、风格和审美的特异性。

你想成为一名出色的创作者，那么你一定需要找到自己独特的路，而这意味着质疑别人走过的路。

尽情生活吧，不要缩在家里，尤其不要试着通过书本建立起自己对世界的全部认识。

读万卷书，行万里路，古人没骗人。去分析、感受、体验万里路、人之千面，你会明白人情练达确实是文章——这是本书中一直强调的"常识"的来源。

常识不是别人灌输给你的种种观点、偏见，而是建立在你与世界、世人发生碰撞的过程中所产生的经验。

风格

也许你不满足于成为一个故事匠人，渴望成为一名有自己风格的"艺术家"，你甚至在心里有这样的野心：成为一名伟大的创作者。

这不是一条容易的路，但并非不可能。

你所面对的困难并非创作的困难，而往往是自身惰性、恐惧、焦虑所带来的阻力。

这里说的不是什么励志的话语，而是事实：如果你坚持自己的声音，区分直觉的呼唤和执念的拉扯，一点点提高实力、明确路径、多写，风格总有一天会凸显。

如果你继续坚持，活的时间足够长，经历得足够多，从未失去信念，你会实现自己的目标。

拖延与焦虑

拖延和焦虑还有抑郁情绪，总会时不时出现。

如果你从心底里想完成故事，却仍然免不了拖延和焦虑，这并不是因为你不够努力，而恰恰是因为你太努力——你的大脑总是被数以百计的念头和担忧所填满。

正如我们一直强调的那样，一个好故事的诞生需要多种元素相辅相成。无论复杂还是简洁的故事，你仍然能看到大量的潜文本藏在故事表层之下。人物、冲突、意义、象征、情节……这些故事元素不仅仅需要各司其职，甚至还要达到一加一大于二的效果。

但是，这不代表你必须同时关注所有事情。

人的注意力和精力十分有限。而拖延和焦虑，正是大脑在对你发出信号：你让我想的太多了，我要罢工！

试着专注在某个方面，比如人物的行动是否体现了足够强的冲突，是否表达了足够强的情感？只要你的故事在推进而不是原地打转，你就会进步。

总有一天你会发现诸多能力会融会贯通，当你构思人物的时候会自然而然想到冲突、情感、悬念等。

同时，试着把直觉当作向导。如果你感到哪里奇怪，不要试着逃避，或是想着"只要继续写下去故事一定会自己完成的"，这也会增加焦虑并造成拖延。因为你的直觉告诉你故事出了问题，你却一意孤行，对抗的结果往往是拖延、焦虑、自我怀疑和抑郁。

当你感觉哪里不对，停下来，试着找到问题，也许可以回顾本书前面的章节，或是在创作日志中思考。

不要害怕停下来。与书稿保持一天或是一周（有时可能长达数年）的距离将帮助你审视书稿，看到它的问题。

短暂的暂停是对精神和思维的放松，但不要逃避创作，你要带着新的解决方案回到书桌前继续。

最后，接受你和你的故事都不够完美的事实吧，耐心前进，坚持下去，直到你将心中的故事发掘出来，变成文字。